Os romances vão falar de nós

Editora Appris Ltda.
1.ª Edição - Copyright© 2022 do autor
Direitos de Edição Reservados à Editora Appris Ltda.

Nenhuma parte desta obra poderá ser utilizada indevidamente, sem estar de acordo com a Lei nº 9.610/98. Se incorreções forem encontradas, serão de exclusiva responsabilidade de seus organizadores. Foi realizado o Depósito Legal na Fundação Biblioteca Nacional, de acordo com as Leis n.os 10.994, de 14/12/2004, e 12.192, de 14/01/2010.

Catalogação na Fonte
Elaborado por: Josefina A. S. Guedes
Bibliotecária CRB 9/870

M844r
2022
	Moret, Geandre
	   Os romances vão falar de nós / Geandre Moret.
	1. ed. - Curitiba : Appris, 2022.
	   184 p. ; 23 cm.
	
	   ISBN 978-65-250-2441-7
	
	   1. Ficção brasileira. I. Título.
	
	                                                     CDD – 869.3

Editora e Livraria Appris Ltda.
Av. Manoel Ribas, 2265 – Mercês
Curitiba/PR – CEP: 80810-002
Tel. (41) 3156 - 4731
www.editoraappris.com.br

Printed in Brazil
Impresso no Brasil

Geandre Moret

Os romances vão falar de nós

FICHA TÉCNICA

EDITORIAL	Augusto V. de A. Coelho
	Marli Caetano
	Sara C. de Andrade Coelho
COMITÊ EDITORIAL	Andréa Barbosa Gouveia (UFPR)
	Jacques de Lima Ferreira (UP)
	Marilda Aparecida Behrens (PUCPR)
	Ana El Achkar (UNIVERSO/RJ)
	Conrado Moreira Mendes (PUC-MG)
	Eliete Correia dos Santos (UEPB)
	Fabiano Santos (UERJ/IESP)
	Francinete Fernandes de Sousa (UEPB)
	Francisco Carlos Duarte (PUCPR)
	Francisco de Assis (Fiam-Faam, SP, Brasil)
	Juliana Reichert Assunção Tonelli (UEL)
	Maria Aparecida Barbosa (USP)
	Maria Helena Zamora (PUC-Rio)
	Maria Margarida de Andrade (Umack)
	Roque Ismael da Costa Güllich (UFFS)
	Toni Reis (UFPR)
	Valdomiro de Oliveira (UFPR)
	Valério Brusamolin (IFPR)
ASSESSORIA EDITORIAL	Manu Marquetti
REVISÃO	Josiana Aparecida de Araújo
PRODUÇÃO EDITORIAL	Raquel Fuchs
DIAGRAMAÇÃO	Yaidiris Torres
CAPA	Lucielli Trevizan
COMUNICAÇÃO	Carlos Eduardo Pereira
	Karla Pipolo Olegário
LIVRARIAS E EVENTOS	Estevão Misael
GERÊNCIA DE FINANÇAS	Selma Maria Fernandes do Valle

Àquelas que ainda flutuam sobre águas salgadas, nunca lidas por ninguém.

Eis um romance para falar de vocês.

Agradecimentos

À minha mãe, a contadora de histórias, que aos meus oito anos me apresentou Lygia Bojunga, aos nove me presenteou com Orígenes Lessa e aos dez me afogou com Graciliano Ramos.

Ao meu pai, o contador de histórias que teve a impagável ideia de me dar livros ao invés de brinquedos nos meus aniversários.

À Cecília, que torna tão impossível desistir de finais felizes.

Apresentação

Durante a Primeira Guerra Mundial, em nove de setembro de mil novecentos e quatorze, o soldado britânico Thomas Hughes estava a caminho da frente de batalha. Balançando em um barco, ele conseguiu escrever uma curta mensagem para sua esposa, colocou-a em uma garrafa, tampou-a e a lançou no Canal da Mancha.

"Querida esposa, estou escrevendo esta nota no barco e jogando no mar para ver se ela alcança você. Se der certo, assine este envelope no canto inferior direito onde diz 'recebido'. Coloque a data e a hora do recebimento e o seu nome onde diz 'assinatura' e cuide bem dela. Tchau, meu amor, por enquanto. Seu Hubby", era o conteúdo do interior da carta.

Thomas também deixou um recado para quem encontrasse a mensagem.

"Senhor ou madame, jovem ou donzela, gentilmente envie a carta anexa com a bênção de um pobre soldado britânico em seu caminho para o front neste dia 9 de setembro de 1914. Assinado Soldado T. Hughes, Segunda Infantaria Durham. Terceira Força Expedicionária do Exército."

Apenas dois dias depois de jogar sua garrafa ao mar, Thomas tornou-se mais uma das dez milhões de baixas da Primeira Guerra Mundial.

Naturalmente, só é possível que se saiba de tudo isso porque sua garrafa foi encontrada. E isso aconteceu mais de oitenta e cinco anos depois.

Em mil novecentos e noventa e nove, navegando no Tâmisa, Steve Gowan, um pescador, encontrou a garrafa de Thomas. Cuidadosamente, Steve procurou a destinatária. Elizabeth, infelizmente, havia falecido vinte anos antes, em mil novecentos e setenta e nove. Mas Emily Crowhurst, a filha que Thomas deixara com apenas dois anos de idade, recebeu, aos oitenta e sete anos, a carta das mãos do pescador que a encontrou.

"Me toca profundamente saber que a sua passagem encontrou um objetivo. Acho que ele ficaria muito orgulhoso de que ela tenha sido entregue. Ele

era um homem muito carinhoso", foram as palavras de Emily após ler as velhas letras de seu pai em tinta azul.

Na melhor das hipóteses, histórias reais – beirando o fantástico – de relacionamentos reais – beirando o fantástico – como essa nos inspirariam a todos a ainda acreditar no amor e todas as suas cores, mesmo na esteira dura desses dias desencantados.

E talvez seja por isso que eu tenha escrito *Os romances vão falar de nós*, ou que eu escreva qualquer outra coisa, ou que todo autor faça o que faz. Porque a versão mais triste de uma vida é aquela que aceita a derradeira derrota de apenas resignar-se ao presente como ele decide se impor. Sufocado é o peito que não sonha, que não se permite o exercício de imaginar e acreditar que o que ainda não existe poderá vir a existir.

Escrever é desistir de desistir de sonhar.

E, por um lado, há quem desista de acreditar no amor e suas histórias bonitas pela escolha própria de seu coração repetidamente decepcionado. Mas, por outro, a história do mundo prova que há quem tenha tido a beleza da vida amputada contra a sua vontade. A jornada humana está costurada por baixas de guerra, negros escravizados, bruxas incendiadas, meninas órfãs e bebês doentes. E assim amores e cores da vida parecem luxos ingênuos.

Os romances vão falar de nós é, assim, entre outras coisas, o esforço de lembrar a mim mesmo e ao leitor de que, entrecortado por nossos piores dias, ainda há mágica na vida e no mundo e no coração humano.

Uma brincadeira literária de gente real com nomes reais e personagens fictícios sem nome algum, na tentativa de conectar as dores e amores de todos nós e, talvez, nos abrir os olhos para o quanto somos tão parecidos. Um esforço de aproximar, pela empatia, gente que um tempo de agressividade tem se esforçado tanto para rotular e distanciar.

Uma narrativa que tenta pensar a complexidade da adolescência, a imperfeição da vida, a irracionalidade de toda violência, a beleza da liberdade, a necessidade do perdão, o peso da solidão, o conceito de Céu, a ideia de Deus e, em todo caso, o risco tão angustiante e recompensador de se permitir amar e ser amado.

Que Thomas Hughes e todos os autores anônimos de mensagens flutuantes que nunca serão encontradas se sintam homenageados.

Ainda acredito no que eles acreditavam.

"Que alguém mais acredite que o amor não é uma invenção dos poetas. Que se a vida às vezes parece a travessia de um oceano com suas tempestades, o amor talvez seja esse pequeno bote pra nós, náufragos. É um risco apavorante, mas também é a única segurança que a gente pode ter."

Geandre Moret
Natal, Rio Grande do Norte, janeiro de 2022.

SUMÁRIO

I.
ESSE JEITO ESTRANHO DE PARECER SERENO SOB SUPERFÍCIES BRAVIAS 18

II.
UM MAL MENOR 23

III.
UMA CRIANÇA INDEFESA 26

IV.
INTEIROS IGUAIS 28

V.
DE OUTRAS MULHERES 39

VI.
O PONTO IRRELEVANTE 47

VII.
VOLTA LENTA 54

VIII.
MINHA HISTÓRIA 62

IX.
NESSA INÉDITA ABSOLVIÇÃO 66

X.
AQUARELA 69

XI.
O DIA EM QUE ELE NÃO FALOU MEU NOME 79

XII.
UM TIPO DE MOSQUITO 86

XIII.
OS PEDAÇOS QUE FALTAVAM 91

XIV.
A FRONTEIRA DO ABISMO 99

XV.
UM AFAGO 107

XVI.
OUTRAS DIMENSÕES DO PEITO 113

XVII.
ENTERRAR DANTE 135

XVIII.
CORTEJO AOS VIVOS 142

XIX.
ACHADOS E PERDIDOS 149

XX.
ELA 160

XXI.
EUS 180

I.

Esse jeito estranho de parecer sereno sob superfícies bravias

A primeira frase do romance que eu jamais escreveria já estava decidida, aos dezesseis anos.

"No fim ela chegará à conclusão de que viver foi algo como aquela sensação de sentar na areia e testemunhar a tempestade que vem galopando do mar, mágica e apavorante."

Alguém mais tarde diria que frases sobre o que é viver são muito blasé — expressão que me esforcei para fingir dominar naquela hora.

Ainda não sabia sobre o que falaria o romance que nunca escreveria, mas eu tinha certeza que seria ela.

Eu queria ter certeza.

Agora, porém, não era um livro em seu começo. Mas ali eu lembrava da minha frase nunca escrita, porque havia tempestade. Havia mar. E havia ela.

Havia tudo que me existia de mais mágico e apavorante.

De longe, aquele recorte não parecia nada demais. Mais uma onda enchendo os pulmões espumantes de água, e sem alarde percebi que só eu remava até ela. O que, em circunstâncias normais, seria primeiro aviso suficiente da minha tolice. Mas talvez eu quisesse impressionar alguém. Calculei a distância de cabeça. Fui.

Chovia forte. O fim da tarde ainda estaria quase claro, se as nuvens não tivessem engolido ao menos meia hora de luz. O mar gritava rasgando-se sob as gotas grossas. As mães nos balançavam os braços maternais na beira da água.

O dia terminava sem nada memorável e imaginava ser talvez minha última boa oportunidade. Ofereci minhas costas brancas ao parto da onda. Nadei com a melhor força dos braços. Pus-me em pé sobre a prancha. E só então vi os olhos assustados delas. Os olhos dela, na verdade.

Não que seja culpa dela, eu cairia de qualquer forma. Mas vi seu pavor e olhei para trás. Perdi o centro. Puxei todo o ar que consegui até meu queixo tocar a água. Puxei água, também, para ser sincero. Menos do que poderia. Mais do que gostaria.

Pareceu longo. Girei em meu próprio eixo vezes demais. Senti queimar a pele salgada do meu tornozelo retorcido pela corda da prancha que se debatia. Até aquele dia me passara uma ou duas vezes pela cabeça que, se algo assim acontecesse, eu talvez não conseguisse seguir as instruções. Ou mesmo me lembrar delas.

Mas o fundo do mar tem esse jeito estranho de parecer sereno sob superfícies bravias. E ali, com as bochechas infladas, eu lembrei. Soltei o corpo. Fechei os olhos. Esperei. Levou um tempo. Mas enfim senti a areia entre os dedos da mão.

Abri os olhos e foi a primeira coisa que eu vi. Ali, na minha frente, o pescoço para fora. Bem na minha frente. Uma garrafa. Eu só precisava estender a mão.

Senti o ar de novo e já pisava o chão, a água na altura do peito. Elas procuravam algo por baixo de si mesmas, assustadas. Ela parecia mesmo preocupada.

Então caímos todos na areia, rindo nervosos como há muito tempo. A irmã dela logo botou os fones de ouvido. Ela deitou-se ao meu lado, suas maçãs vermelhas de sol a equilibrar os olhos esquivos. Deixamos as gotas martelarem nossas testas um pouco mais, em silêncio, na segurança confortável da faixa de areia. As mães apressadamente salvavam as coisas da chuva, como se o plano sempre fora sairmos secos dali, mas a chuva e o vento repentinamente ofereceram-nos uma pequena trégua. Poderíamos ficar ali um pouco mais. Agradeci calado ao Deus das tempestades.

"*Tá pensando em quê?*", afastei o silêncio.

"*Em nada*", ela respondeu, os olhos ainda no céu.

"*Não dá pra pensar em nada*", pensei alto.

"*Claro que dá. É o que eu tô fazendo*", comprovou.

"*Acho que eu não sei fazer isso*", reconheci.

"*Não, mesmo. Só em você pensar que não sabe fazer isso já tá errado. Porque ninguém aprende a fazer nada. Fazer nada não é fazer. É não fazer*", e eu curiosamente entendi.

"*Hmm. Tá. Entendi. Acho que é cultivar o ócio que chama*", achei que seria inteligente dizer.

"*Tá vendo?*", virou o pescoço para mim. "*Esse é o seu problema. E o de todo mundo. Você quer tudo explicadinho. Por que fazer nada tem que ter nome, se é nada?*", ela perguntou, tão envolvida no argumento quanto na pequena Coca-Cola de vidro molhado que agora bebia.

Não era raro ser impossível argumentar com ela. Nem tentei mais.

"*Sabe o que eu tava pensando?*", estudava a garrafa e falava comigo.

"*Que devia existir um macroondas pra gelar alguma coisa em trinta segundos, igual tem microondas pra esquentar?*", e eu guardava essa há um tempo para usar com ela. Ela tirou os olhos arregalados da garrafa e virou para mim. Funcionou.

"*Nossa*", respondeu, com mais ésses do que todo o Estado de Massachussets. "*Lógico! Por que não existe isso?! Meu Deus! Vamo ficar milionário!*", sua salada de sons e sorrisos.

"*Claro! Par ou ímpar pra ver quem vai fazer Engenharia Mecânica?*", perguntei, o cotovelo na areia e o punho levantado.

"*Aff. Isso aí é só Física, né. Tinha que ser uma invenção trilhardária pra valer essa dor*", voltou a beijar sua garrafa.

"*Ainda bem que dinheiro é só dinheiro, né*", e ela deu de ombros, ocupada demais para usar a boca. "*Mas o que era que você tava pensando?*"

"*Hmm. Tá. É que existe salgadinho de milho sabor churrasco, né*", foi o labirinto da vez.

"*Aham. Existe*", acompanhei-a, perdido.

"*Pois é. Então por que não inventaram ainda uma água mineral sabor Coca? Tipo pra gente igual você gostar de beber água?*", precisamente quando trocava sua garrafa de vidro vazia por uma de água.

"*Caraca. Você ganhou*", reconheci, caindo de costas.

"*Ganhei o quê?*", perguntou, de dentro da garrafa.

"*Na loucura.*"

"*Hm-hm. Você é maluco.*"

"*Normal é você, né*", e um dos últimos raios de um sol alaranjado voou da rachadura de uma nuvem até o meu olho, virando meu pescoço para o lado. Vi outra vez o que estava ali, debaixo da prancha. Eu não queria que aquela conversa acabasse nunca. Aquele dia. Aquela vida.

"*Olha isso*", eu disse, apoiado em um cotovelo, mostrando para ela, como quem conta um segredo.

"*Que linda... você achou?*", ela perguntou, empolgada.

"*Lá embaixo.*"

"*Agora?*"

"*Agora.*"

"*Sério?*"

"*Aham*".

"*Que legal!*"

"*Muito!*", e escorreguei a garrafa para as suas mãos. Ela girou e estudou tudo delicadamente, como fazia com tudo que existe. Como se seus olhos dominassem o idioma das pausas do universo.

"*Você vai abrir?*"

"*Ah, claro! Quer dizer, não sei. O que você acha?*" Por um segundo, nossos dedos se encontraram enquanto o vidro voltava às minhas mãos. Gostoso como cada uma das vezes. Tentei parecer sereno sob a minha superfície de cem vontades.

"*O que eu acho é que o pirata é você. O tesouro é seu. Você escolhe.*"

"*Hmm. Tá. Deixa eu tentar de novo. Se você tivesse encontrado, você faria o que com ela?*"

"*Ah... eu não teria encontrado, porque eu não teria levado um caldo desses e visto nada lá no fundo*", e agora bebia água rindo e tentando não rir, como fazia tanto comigo.

"*Ai. Sei. Você não vai dizer, mesmo, né.*" Ela respondeu com os ombros, deitando-se de novo.

"*Me conta se você abrir?*", perguntou enfim às nuvens.

"*Se eu não abrir, eu não preciso contar, então?*"

"*Não, né.*"

"*Então, tá. Eu conto se eu abrir. Ou você pode abrir comigo. Se eu abrir. Se eu abrir*", fingi indiferença.

E em um segundo vasculhava minha cabeça por cem mil maneiras seguras de abrir uma velha garrafa perdida no mar.

II.

Um mal menor

"*Por que o senhor está fazendo isso, padre?*", interrompi a reza. Os olhos verdes marejados me fitaram no escuro.

"*Por que estou te escondendo ou por que eu estou rezando por tua alma?*", sussurrou, e apenas continuei lhe encarando. "*Filha... te escondo porque és só uma pequena filha de Deus. E rezo por não estar certo se és só uma pequena filha de Deus.*"

Deslizamos sob os grossos tecidos da carroça e nos esgueiramos agachados pela madrugada até o navio no canto do porto. Os poucos homens que estavam ali dormiam ou amargavam a ressaca sobre o chão oleoso. Nenhum deles tinha força ou interesse de investigar meu rosto por baixo do véu.

"*Mas que diab...*", interrompeu o sujeito de barba suja, ao abrir a porta de madeira martelada insistentemente pelo padre naquela madrugada. "*Padre... desculpe... eu não... quis...*"

"*Tudo bem, meu filho. Tudo bem. Só nos deixe entrar, por favor*", e logo nos dispúnhamos ao redor de uma mesa carcomida.

"*Eu posso, padre. Só queria saber o motivo, se não for pedir demais*", pediu o marinheiro, entre goles de vinho. O padre olhou para mim em silêncio por dois ou três segundos antes de respondê-lo.

"*Tudo bem, filho. Digo apenas o essencial. Não posso demorar.*"

"Tudo bem, padre. Já levei muito mais por muito menos." O padre tomou seus goles. Mantinha minha cabeça abaixada.

"Ela é filha de uma governanta de uma família muito importante. E engravidou de um homem muito importante. A criança não podia existir. E não existe mais. Agora sua história também precisa morrer." Ele não conseguiu continuar sem beber. O padre era um bom homem, era o que eu achava. *"Eles a acusaram de bruxaria. A bruxa seduziu o homem. A bruxa matou a criança. A bruxa merece morrer"*, terminou apressado, encarando seu copo.

"Eu achei que essa história de queimar bruxas tinha terminado", disse a barba desgrenhada, parecendo se importar pouco com qualquer resposta.

"Tinha terminado. Mas as coisas ficaram confusas desde Anna Göldi[1]", e todos ouvimos falar dela, há poucos anos. O marujo também deveria saber.

"Sim, sim. Bem, me parece que o risco para mim é menor do que para o senhor, nesse caso", disse o homem, batendo de leve na mesa, como em um impulso para se levantar. O padre também levantou o corpo, e os segui com os olhos.

"Para onde o senhor vai, afinal?", perguntou o velho sacerdote, grave.

"Se descobrirem, é melhor o senhor não ter uma resposta para dar, padre", o homem devolveu, como se já tivesse feito aquilo outras vezes.

"Certo. Tudo bem. Só... veja...", o padre puxou o homem para um canto e sussurrou, como se eu não pudesse escutá-los. *"Eu sei que há apenas homens aqui. E vinho. E o mar. Por meses. E ela é uma moça. Mas... por tudo que é mais sagrado, ela é só uma criança. E já sofreu demais. Você e seus pais têm uma história comigo. Uma dívida. Eu quero salvá-la da morte, filho. Mas há coisas piores que isso."* Um homem bom, afinal.

"Ela vai sobreviver, padre", respondeu o anfitrião, frio e evasivo. O padre o encarou em silêncio por alguns segundos, pesado da tragédia de escolher um mal menor. Seu braço que apertava o ombro do homem despencou no ar e ele caminhou de volta em minha direção, com nove universos nos ombros. Puxou uma cadeira e sentou-se na minha frente. Permaneceu ali, o corpo trincado e o espírito vazando para algum lugar insondável. Tomou um papel da bolsa e escreveu algo, lentamente. Retirou o pano que cobria meus cabelos embaraçados e levantou meu queixo. Chorava.

---

[1] Anna Göldi foi executada na Suíça, em 13/6/1782, acusada extraoficialmente de bruxaria – formalmente, de infanticídio. É considerada a última mulher a ser morta pelo crime de bruxaria na Europa. Estima-se que, entre os séculos 15 e 18, até 60 mil pessoas possam ter sido executadas sob tal acusação por toda a Europa, 6 mil delas apenas na Suíça.

"Perdoe, filha. Perdoe. Perdoe o homem que matou um pedaço de ti. Perdoe os homens que querem matar teu resto. Perdoe os que ainda tentarem te machucar. E perdoe esse velho padre, que não sabe o que está fazendo", e senti o pedaço de papel e o frio da lâmina entre nossas mãos. Levantei os olhos em direção aos seus, assustada. Escondi o punhal sob a pesada manga que me sobrava além dos dedos. E agradeci ao Deus que eu ignorava por esse Seu servo que naquela hora parecia fazê-Lo o mesmo.

Acompanhei a carroça até perder de vista. E foi como se eu já estivesse à deriva, ainda atracada no porto. Olhei rapidamente para o pedaço de papel enrolado em minha mão. *"A pergunta mais difícil que já me fizeram"*, foram suas últimas palavras. Forcei uma quase meia lembrança da conversa na estrada. Deveria ter prestado mais atenção. Guardei a memória no bolso. Virei-me da janela e tentei não encarar o homem que ainda bebia à mesa. Sentei-me de volta em minha cadeira, como se quisesse possuir o mínimo daquele lugar. Sentia o homem me olhar enquanto mastigava seu pão. Enfim, levantou-se e caminhou para fora do cômodo.

"Desculpe, senhor. Onde eu posso dormir, por favor?", tentei, deslocada.

Ele continuou caminhando.

III.

Uma criança indefesa

Não deveria haver um sorteio.

Houve. E ter sido escolhido me enojou. Todos sorriram sorrisos molhados para mim, como eu também faria por qualquer um. Era sincero. Ninguém no porão precisava dizer mais nada.

Dois ficaram na porta, um de cada lado. Sabíamos que a essa hora o capataz não viria gritando como sempre fazia, para não acordar os senhores. Assim que ele tocou o assoalho do porão escuro, um raspou a perna por debaixo dele, em uma rasteira vertiginosa. O outro saltou sobre seu rosto, com suas próprias calças na mão. O branco levou quase dois minutos para parar de se debater. O negro vestiu de volta as calças que sufocaram o homem. Virou para nós e seus olhos nunca pareceram tão abertos.

Um de nós ensaiou despir-lhe as botas.

"Não, irmão. Não", ele disse, acariciando seus pequenos cachos negros. *"Não precisamos de nada deles"*.

Fizemos uma longa fila de frente para a porta apertada. Sussurramos a contagem. Ao sinal, aqueles que seguravam os remos quebraram-lhes a pisões. O barulho da madeira rachando certamente sobressaltava os primeiros marujos. Logo estávamos quase todos armados. E eu tomei meu último lugar em uma longa fila de pulsos negros acorrentados e peitos negros furiosos.

Subimos as escadas ainda devagar, olhando para os lados. Espalhamo-nos ao redor do convés, a passos leves. E uma de nós estava ao lado da primeira porta que rangeu. O branco saiu confuso, segurando a cintura folgada das calças com uma mão e esfregando os olhos com a outra. O remo cheio de farpas pontiagudas em posse da mulher tremia violentamente. Ela não ia conseguir. Ele olhou para ela. Encarou as grossas farpas vacilantes apontadas para ele. Virou a cabeça em todas as direções. Viu-nos ofegar de tensão. E fez como quem se lançaria de volta para onde veio, mas outra de nós chutou a porta e girou o remo em sua nuca. Sua barriga de grávida latejava de dor e ira.

Começamos a correr. Brancos explodiam de todas as portas, janelas e alçapões. Gritos e estampidos disputavam a atmosfera. Eu estava cercado de perto por meus irmãos. Um deles caía, outro tomava seu lugar. Não podia mais enxergar bem o que acontecia, agachado como fui mandado ficar. Por entre a cerca de pernas negras, vi brancos e pretos ao chão. A lâmina do capataz na mão de um de meus irmãos cortou algumas cordas. Deitei-me no pequeno barco, como um soldado covarde ou uma criança indefesa. Dois de nós chegaram com caixas de comida resgatadas de algum lugar. E o Professor surgiu do mar de carne com a camisa respingada, o chapéu de um branco e um punhal. Apoiou meus pulsos na madeira mais grossa do barco e bateu o punhal sobre um elo repetidamente até rompê-lo como um estalo de ossos quebrados. Apertou sua testa negra na minha e seus olhos verdes quase tocaram os meus.

"Encontre teu chão. E nos plante, filho".

Por muito tempo depois daquela noite pensei no que poderia ter respondido a ele naquela hora. *"Todos vivem para sempre em mim. Partes do todo"*, foi o melhor que pude pensar. Teria sido bonito. Talvez. Consegui apenas ficar em silêncio, contudo. Nada seria bonito aquela noite. Desconhecia o idioma das pausas do universo.

Desci encolhido no pequeno barco até sentir o baque da água. Tomei os remos nas mãos e dei minhas costas negras ao navio negreiro. O último de meus irmãos que avistei corria com uma tocha em suas mãos acorrentadas. Meus braços haviam ganho o injusto direito de descansar desde que eu fora sorteado. Gastei então ali toda a energia que pude, arrastando minha alma culpada o mais longe que conseguia de tudo que não era eu. Minhas palmas duras nos cabos dos remos sangraram o que achava que não podiam mais sangrar.

E em um último presente, meus irmãos iluminaram as densas trevas com as chamas de sua despedida.

IV.

Inteiros iguais

Nós três ali, eu, ela e a garrafa.

Primeiro tentaria o saca-rolhas que o meu pai deixara para trás. Pensei em trazer uma faca na precaução de um plano B, mas nem em mil anos eu conseguiria explicar uma faca de churrasco na minha mochila, se o inspetor me pegasse. Éramos só nós, na mesa e em volta, já que era muito importante fazermos isso sozinhos, por razões que incluíam um senso de aventura exagerado e uma boa desculpa para a intimidade.

"*Quer tentar?*", estendi o saca-rolhas, como um aprendiz de cavalheiro adolescente.

"*Hm-Hm*", foi tudo que ela respondeu, mexendo a cabeça ao bailar seu rabo de cavalo cor de aurora. Escondia as mãos entre os joelhos, no esforço de esconder a ansiedade.

"*Tá bom. Eu vou, então*". Tinha visto dois tutoriais e meio de como abrir uma rolha na noite anterior e bastou o primeiro punhado de giros para ela não aguentar.

"*Calma! Pera. Eu... não... tá. Desculpa. Esquece. Você achou a garrafa. Você é que sabe*". Foi quando soltei o saca-rolhas, descansei as mãos na perna e olhei para ela, tentando parecer o menos bobo possível.

"*Ah, não. Não, não, não... não faz assim. Me fala. O que você tá pensando?*"

"Não sei... é só que... será que é mesmo pra gente abrir?", ela perguntou, como uma criança na véspera de Natal.

"Como assim?".

"Ah, sei lá. Não sei se é. Tipo, alguém tampou isso aí, né. Tampas são meio que fechaduras. Pra não abrir."

"Hmm... não, eu acho que não, aqui. Alguém tampou isso porque era um papel ou um tecido, e essas coisas estragam com água. Essa tampa é pra proteger, não pra impedir", tentei, como se fosse assim fácil convencê-la de qualquer coisa.

"Ah, como é que você sabe?" É isso. Nunca foi fácil.

"Ué, porque pessoas só jogam garrafas no mar com mensagens dentro se elas querem que alguém ache, abra e leia. Ou então era só elas não escreverem nada."

"Nada a ver. E se for tipo um diário? Que a pessoa tampou igual a gente bota cadeado em diário?", ela conhecia caminhos para lugares bonitos e esquisitos.

"E por que alguém jogaria um diário no mar?"

"Talvez ela não tenha jogado... talvez o diário tenha ido parar no mar porque o navio dessa pessoa afundou!"

"E essa pessoa guardava seu diário numa garrafa?", perguntei, incrédulo do absurdo delicioso.

"Aham."

"Tá. Deixa eu ver se eu entendi. Todos os dias essa pessoa pegava um papel, uma caneta e um saca-rolhas, tirava a garrafa do lugar que ela tinha escondido muito bem pra ninguém achar porque é o que se faz com diários, abria a garrafa com o saca-rolhas, escrevia seus segredos deitada embaixo da cama do navio balançante pra ninguém saber que ela tá escrevendo seus segredos muito importantes, então saía debaixo da cama, colocava a rolha de novo sem fazer barulho e ia na pontinha dos pés esconder sua garrafa pra começar tudo de novo no outro dia?", e apitei o intervalo do meu esporte favorito.

"Isso. Perfeito. Pode ter sido exatamente isso, não pode?", ela devolveu, por entre o sorriso malandro.

"Você é maluca."

"Não, mesmo. Eu sou só uma donzela. Que valoriza a intimidade das pessoas."

"Ah, você é muito donzela, sim. E muito maluca. Metades iguais."

"Ah, e você é chato em inteiros iguais" E a gente ficou ali, rindo calados, por um pequeno punhado de segundos. E eu bebi tudo de gostoso do ar.

"Tá, tá bom. Tudo bem. Você tem razão. Pode ter sido tudo isso, mesmo."

"Viu?"

"Vi."

"É claro que eu tenho razão."

"É claro que você tem", ofereci, escorrendo alma pelos poros.

"Obrigada."

"De nada. Mas... também pode ser outra coisa."

"Pode?"

"Pode."

"Pode ser mil coisas", ela exagerou.

"Esse é o ponto. Sabe o que pode ser?", pesei a garganta no melhor passo de suspense.

"Medo." Ela sabia. Ela gostava.

"Não fica com medo."

"Fico sempre. Você e as suas histórias."

"Talvez não seja uma história. Talvez seja exatamente o que aconteceu."

"Ai, Jesus. O quê?" Eu vivia para receber uma atenção como aquela.

"Eu pesquisei um pouco ontem e antes de ontem. Olha a cor dessa garrafa", levantei-a entre nós.

"Tô olhando."

"Azul, né?"

"Azul."

"Pois é. Eu vi que existe uma garrafa de vinho francês bem antiga que foi leiloada há uns anos muito parecida com essa. Desse jeitinho[2]", expliquei, como um narrador de documentário.

"Muito antiga tipo quanto?"

"Muito antiga tipo mil setecentos e oitenta e sete."

"Não..." Dava quase pra ouvir as flores desabrochando atrás dos olhos dela.

"Sim..."

---

[2] Em 1985, a conceituada casa de leilões inglesa Christie's vendeu uma garrafa do vinho Chatêau Lafite, datada do fim do século XVIII, com as inicias de Thomas Jefferson, por US$ 156 mil. Anos depois foi comprovado que a garrafa era falsa e revelado um esquema de fraude multimilionário envolvendo inúmeros intermediários.

"Como é que você sabe disso?"
"Porque eu sou fluente em Wikipedia. Lógico."
"Tá... e é serio, isso?"
"Mil setecentos e não sei o quê?"
"Aham."
"Muito sério", respondi, orgulhoso de soar tão interessante.
"Nossa... e isso quer dizer o quê? O que que você acha?"

Por todos os bons motivos não percebi, nos últimos segundos, o chiado preguiçoso da sola do sapato do sujeito que invadia lentamente nosso universo.

"Como assim, meninos?", ele disse, e suas sílabas rastejavam graves pelo túnel da garganta como as pernas se arrastavam pesadas pelos corredores da escola.

O penúltimo fonema dela acabou sendo muito mais um grito agudo de susto do que propriamente uma sílaba. E só tive tempo de louvar aos céus comigo mesmo por não ter sido eu o interlocutor interrompido. Um berro desvairado meu na sua frente teria estragado toda a atmosfera que meus tutoriais e rolhas e horas na Wikipédia tinham supostamente construído.

"Ãhn... ah... é... oi, Seu..."

"'Como assim' o quê?", ela me interrompeu, sabendo bem que ela sabia bem mais do que eu sobre como sair bem de uma esquina daquelas.

"Ué. Como assim vocês dois aqui, sozinhos, depois da aula, atrás da escola, abrindo uma garrafa de vinho?"

"É isso que o senhor tá pensando?"

E no meio da pergunta ele tomou a garrafa em suas mãos, na ignorância irritante de sua sacralidade.

"Não é o que eu tô pensando. É o que tá aí acontecendo. Ah... calma... não é vinho... é uma... é uma daquelas mensagens na garrafa... ah... que bonitinho, você, mano...", e me olhar como crianças admiram pandas entregou tudo.

"Não, não, não é iss..."

"Não, mesmo. Fui eu que escrevi pra ele", e eu talvez dissesse algo sobre essa mania dela de me interromper, se meu coração não estivesse atravessando minha boca.

"Você escreveu...?", ele tentou perguntar, tropeçando entre as sílabas, e eu nunca julgaria alguém que estivesse confuso como ele em pensar nela escrevendo uma cartinha e colocando numa garrafa para mim.

"Aham. E você tá super matando o clima. Desculpa", ela terminou, falando comigo, olhando para mim. Como se não bastasse, temperou o quadro com sua mão sobre a minha na mesa. Ela deve ter sentido o calor, o suor e os leves tremores. Certeza.

"Ah... ahn... é... tá... bem... não é legal vocês ficarem sozinhos aqui."

"A gente tá dentro da escola. Sentados nas cadeiras. Cada uma na sua. No meio da praça de alimentação. À luz do dia. Eu acho que a gente não tá fazendo nada de errado. Aliás, tem câmera aqui, ali e lá", ela aponta cada uma delas, como um ladrão de bancos bem preparado.

"Ok, mas isso continua meio fora do protocolo", insistiu, apenas porque ele não sabia o que eu sabia. Não sabia que a paciência dela não era bem daquele tamanho. Não sabia o que ela fazia sem esforço quando a paciência terminava. E não sabia que provavelmente não conseguiria esconder dos olhos sobrenaturais dela o que quer que ele tivesse feito de errado para dali a alguns segundos testemunhar embaraçado seu rascunho de razão escorrer por entre seus dedos. Ela tirou os olhos dele e olhou para mim, como o fiel que confessa ao padre um pecado ainda não cometido. Virou de volta para o inspetor e cutucou três vezes o ar entre eles, apontando para algum lugar embaixo do sujeito.

"Caiu um pouquinho no seu sapato, Seu Coisinha", ela quase cochichou. Olhei e vi o que em qualquer outra circunstância eu nunca teria sido capaz de perceber. Involuntariamente alternei entre os olhos dos dois, como um barbeiro de faroeste se escondendo do duelo. Ela não olhava mais para ele. Ela não sentia prazer naquilo, apesar de ela olhar para o chão, naquela hora, ser pior para ele. E, no fim das contas, ela sabia que já vencera a discussão.

"É... tá, tá, tá. Só não vão pra mais longe. E não demorem. Os pais de vocês já devem estar chegando."

"Tá bom. A gente não demora", me esforcei para dizer, como se usar meu corpo para falar qualquer coisa obrigasse minha alma a voltar a habitá-lo.

E assim ele foi, puxando suas correntes e olhando para trás a cada dúzia de segundos. Ela segurava a explosão de gargalhada com as duas mãos.

"Você não existe...", sussurrei.

"Não... fala... nada... eu... não... posso rir!", em um esforço homérico de obedecer a si mesma.

"Caraca! Como foi que você fez aquilo?! As cinzinhas de cigarro no sapato dele... impossível ver aquilo! Você é muito sinistra!"

"*Para! Eu salvei a gente!*", dizia, quase orgulhosa.

"*Salvou? De quê?*"

"*Ah, de pelo menos dez minutos de uma conversa mega chata!*"

"*Ah, é... aí você tem razão..., mas calma. Por que a cartinha não podia ser minha?*", perguntei.

"*Ah, você não viu a cara dele? Ele ia ficar querendo botar a maior pilha em você. Comigo eu sabia que ele só ia ficar todo errado e ir embora.*"

"*Nossa. Você pensa muito rápido...*"

"*Não, mesmo. Você é que é muito devagar*", e o sorriso malandro de batom cor de boca voltara.

"*Sou?*"

"*Muito. Sempre.*"

"*Ai.*"

"*Aliás, vai, me conta. E acelera, que a minha mãe já tá chegando e se ela não me encontrar lá na frente vai ser um saco*", disse, balançando uma mão no ar.

"*Tá, tá bom. Eu conto. Onde a gente tava, mesmo?*"

"*Hmm... ah! O que você acha que quer dizer essa garrafa azul parecer com a outra jurássica que você achou na Wikipedia*", ela lembrou.

"*Ah, tá! Aham. Eu falo o que eu acho. Eu acho que essa garrafa parece com a outra porque é da mesma época da que foi leiloada. De mil setecentos e pouco.*"

"*Não*", ela reagiu, esticando o til.

"*Aham. E eu acho que você tinha razão numa coisa na sua teoria surreal do diário.*"

"*Tinha?*"

"*Tinha. Que foi um navio afundado.*"

"*Eita. Explica rapidão, vai.*"

"*Vou tentar. Olha a foto da garrafa do leilão. Essas iniciais brancas aqui na frente*", e ofereci meu celular enquanto arrastava minha cadeira para o lado dela. Logo nossos antebraços se apertavam e uma ou outra ponta solta dos seus cabelos dançava no meu pescoço. E tudo em mim dançava.

"*Éfe... bê... i! FBI! Jesus! Como assim? É sério o negócio*", ela leu apressada, os olhos a quatro dedos da tela.

"*O quê?! Como é que é? Que éfe... não! É tê, agá, jota!*"

"*Ah, não. De jeito nenhum. Que tê você tá vendo aqui?! Isso é um éfe!*".

"*Mas meu Deus... tá escrito na legenda, gente. Tê, agá, jota*", deslizei a ponta do dedo nas letras miúdas embaixo da foto.

"*Hmm. É. Mas que letrinha feia, viu. Como é que pode. Tá. Tê, agá, i*", disse, aceitando a derrota.

"*Tê, agá, jota!*"

"*Isso. Que que tem?*"

"*São as iniciais de um presidente americano. Thomas Jefferson[3].*"

"*Igual a escola?*"

"*Que escola?*"

"*Thomas Jefferson, ué.*"

"*Nunca ouvi falar.*"

"*Sério?*", ela perguntou, incrédula.

"*Never.*"

"*Em Realengo. Acari, na verdade[4].*"

"*Nossa. E como é mesmo que você sabe disso?*", perguntei meio sem querer, tentando imaginá-la vagando pela cidade aos dezesseis anos.

"*Porque eu não moro na Wikipedia. Eu saio de casa, né.*"

"*Bem... a Wikipedia trouxe a gente aqui.*"

"*Corre, garoto! Acaba essa história!*", ela quase mandou, visitando o relógio prateado no pulso.

"*Mais ainda? Tá bom! Eu li sobre esse navio dos Estados Unidos que desapareceu em 1814. Wasp USS[5]*"

"*Desapareceu?*"

"*Desapareceu.*"

"*Só desapareceu?*", sua voz se equilibrava entre o confuso e o preocupado.

"*Só desapareceu.*"

"*Louco.*"

"*Muito louco.*"

"*Aqui no Brasil?*", ela quis saber, como se ainda pudesse ajudar alguém.

---

[3] Thomas Jefferson foi o terceiro presidente dos Estados Unidos da América, de mil oitocentos e um até mil oitocentos e nove, e foi o principal autor da declaração de independência do país.

[4] A Escola Municipal Thomas Jefferson foi inaugurada em abril de 1962, em Acari, na cidade do Rio de Janeiro.

[5] Vários navios estadunidenses foram batizados de Wasp USS ao longo da História. O quinto deles foi utilizado pelos Estados Unidos na Guerra de 1812 e foi perdido por causas desconhecidas no Oceano Atlântico no ano de 1814.

"*Não. Quer dizer, eu descobri que tem um monte de navios afundados aqui, mas esse, não. Ele sumiu no Atlântico, entre o sul dos EUA e o mar do Caribe.*"

"*Sei. Então não tem a ver com a nossa garrafa.*"

"*Ah... agora é que tá ficando legal.*"

"*Você tá amando essa aventura de cadeira de computador, né*", brincou comigo.

"*Claro! Eu achei uma mensagem numa garrafa dentro do mar!*"

"*Só quer ser a Sessão da Tarde*", completou, soando pelo menos dez anos mais velha.

"*Você ouviu isso?*", e olhei para o nada, como se perdido em algum mapa do tesouro mental.

"*Ouvi? Não. O quê?*"

"*Sua mãe gritando.*"

"*Não! Sério?!*", aumentou a voz, as mãos espalmadas sobre a mesa.

"*Claro que não! Mas você não tá me deixando correr com a história!*"

"*Chato! Vai!*", deixou, derrubando as mãos sobre as pernas.

"*Posso?*"

"*Vai logo!*"

"*Então. A parte mais legal da história. Me acompanha. Esse vinho do leilão, de mil setecentos e oitenta e sete, que a garrafa é igualzinha à nossa, é francês. O navio que sumiu trinta e um anos depois era americano. Mas a garrafa tem as iniciais do presidente americano Thomas Jefferson, e eu li que ele era um grande apreciador de vinhos*[6]. *Franceses, inclusive. Aliás, ele morou na França um tempo, pra desempenhar uma função política lá*", respirei fundo para continuar. "*Nada a ver com isso, mas ele também curtia mexer com horta, arquitetura, arqueologia, palenteologia e música. E ele era inventor*[7], *também. E fundou uma Universidade*[8]."

---

[6] A paixão histórica de Thomas Jefferson por vinhos foi grande o suficiente para que ele importasse mudas europeias para experimentar plantá-las no solo de Monticello, sua terra natal, no estado estadunidense da Virgínia. Em seu período como embaixador na França, plantou na residência de Champs-Élysées suas próprias videiras e promoveu inúmeros jantares, servindo-se dos melhores vinhos locais.

[7] Thomas Jefferson inventou desde suportes giratórios para livros, elevadores para transporte de objetos, um protótipo de fotocopiadora até uma máquina de produção de massa de macarrão e, possivelmente, um dispositivo de contagem de passos.

[8] Thomas Jefferson foi um dos fundadores da Universidade da Virgínia, seu estado natal, nos Estados Unidos, a única universidade estadunidense designada como patrimônio mundial pela Unesco, tendo Jefferson inclusive desenhado a planta original do campus e seus prédios principais.

"*Caraca. Vai dormir, Thomas Jefferson. Tadinho. Dormir é tão bom*", fechando os olhos, como quem bebe de canudinho uma manhã de domingo no parque.

"*Ah, ele não deve ter sido nada disso na adolescência.*"

"*Então a gente ainda tem jeito.*"

"*Amém*", concordei.

"*Vai! Que história grande! Resume isso!*"

"*Tá, tá, tá... a minha teoria é que essa nossa garrafa podia ser um vinho francês de trinta e um anos de idade sendo transportado para o presidente americano, que se perdeu quando o Wasp USS desapareceu no mar do Caribe. Eu descobri que o Caribe tem mais de setecentas ilhas[9], sem contar os territórios do continente.*"

"*Setecentas ilhas?!*", ela se assustava.

"*Animal, né.*"

"*Maluquíssimo.*"

"*Pois é. Então eu tenho uma teoria.*"

"*Que eu acho que eu já sei qual é*", e se ela dizia algo assim, àquela altura eu também sabia que ela certamente sabia o que eu estava pensando. Não seria a primeira vez.

"*O navio afundou.*"

"*Alguém sobreviveu.*"

"*Se salvou abraçado com uma caixa de garrafas.*"

"*Chegou em uma das setecentas ilhas.*"

"*Sobreviveu.*"

"*Conseguiu escrever uma carta.*"

"*Colocou na garrafa azul.*"

"*Jogou no mar.*"

"*E não deu em nada.*"

"*Essa é a parte triste*", e ela era assim com tudo. Pensava no coração das pessoas. Nas reais ou nas possivelmente inventadas. Nunca ria de alguém se machucando. Morria de pena da menina pobre da novela, do garoto doente do filme e do cachorro de rua do desenho animado.

---

[9] As ilhas do Caribe incorporam dezesseis diferentes países, dos mais populares Bahamas, Cuba, Haiti e Jamaica, até nações menos celebradas internacionalmente, como Antigua e Barbuda, Belize e São Vicente e Granadinas. No total, de fato, entre maiores e menores, a contagem do arquipélago ultrapassa o número de setecentas ilhas.

"Ou deu em nós. E a gente ainda pode dar algum final bonito pra história dele."

"Ou dela."

"É. Ou dela. Mas, pra isso, a gente precisa abrir."

"Precisa. E é uma boa história", ela pareceu finalmente confessar, meio a contragosto. "É bem possível ser isso."

"É, sim", caminhei para o fim desse jogo que dominávamos com tanta naturalidade. De todos os pequenos momentos entre nós que me marcavam, episódios como esse estavam de longe entre os meus favoritos absolutos. Quando costurávamos pensamentos. Quando uma cena qualquer de um dia comum parecia tanto, para mim, a página de um romance. O recorte de uma peça sem ensaio e sem plateia. E ali, submerso que eu estava no oceano da sua companhia, a voz da minha avó rompeu meu doce casulo.

"A gente vive com alguém para ser conhecido, filho. Para alguém saber que a gente existiu. Que a gente foi diferente de todo mundo. Porque todo mundo é. Só que nem sempre tem alguém prestando atenção de verdade na gente", ela me dissera anos antes, enquanto tentava me explicar a partida do meu pai. E o quanto ele e a minha mãe nunca se conheceram de verdade.

Nós dois nos conhecíamos. E eu tinha a certeza mais serena de que já havia em mim, até ali, pedaços demais dela que eu jamais esqueceria. Ela era diferente de todo mundo. Ela era um mundo diferente.

Eu prestava atenção. Era tudo o que eu fazia.

"Ou pode ser só um diário super bem guardado que alguém não queria que ninguém lesse", dei a ela, como um último pedaço de pizza.

"Lógico! Também pode ser."

"Deixa eu abrir, vai."

"Ah, a garrafa é sua... você achou."

"Não... você ainda não tem certeza, né", perguntei.

"No."

"Mesmo depois dessa história toda."

"Não dá pra saber se é isso, mesmo", ela admitiu, e eu já tinha me acostumado com a sua confusão nos últimos quatro anos.

"Não. Não dá."

"Pois é. E eu preciso mesmo ir."

"*Eu sei. Mas eu tenho uma última ideia bem rápida*", espremia os minutos o quanto eu conseguia.

"*Bem rápida?*"

"*Bem rápida.*"

"*Tá bom. Me diz bem rápido sua ideia bem rápida.*"

"*Digo. A gente pode girar a garrafa na mesa.*"

"*Tipo na sorte?*"

"*Tipo na sorte. Se apontar pra você, a gente não abre*", expliquei.

"*Se apontar pra você, a gente abre.*"

"*Isso.*"

"*Gostei.*"

"*Então tá decidido. Eu vou girar.*"

"*Tá bom*", ela respondeu, com um olho aberto e outro fechado, com medo de qualquer resultado.

Deitei a garrafa na mesa com cuidado e girei o mais forte que eu pude, fazendo uma cerca com os braços, que ela logo entendeu que deveria acompanhar, do lado de lá da mesa. O vidro cantou grave e reverberante algumas vezes, até diminuir lentamente sua rotação e enfim parar apontado exatamente para o meio de nós, especificamente para a irmã dela, que vinha longe a passos quase desesperados.

"*Ai, não! Tchau! Não abre sem mim, Wiki!*", e ela levantou-se com um pulo, puxando sua mochila para as costas.

"*Eu sei! Não abro!*"

"*Tá bom!*"

"*O que você ia escrever, se fosse uma cartinha pra mim?*", quase gritei, com o último fio de coragem que eu não achei que tivesse.

"*Talvez a gente nunca saiba, né!*", responderam suas costas, sorrindo.

Ela parou no caminho por alguns poucos segundos, e eu sabia que ela pedia desculpas ao inspetor enquanto conversava rapidamente com ele. Ela só queria sempre acertar mais do que errar. E ele estacionara logo ali, como quem tenta decifrar uma charada.

Já eu estacionei semanas naquele "*talvez*".

V.

De outras mulheres

Algum dia daquela semana seria meu aniversário.

Doze meses antes eu havia perguntado a minha mãe se podia ganhar um cavalo só meu no próximo aniversário. Minha mãe quase riu. Ninguém da nossa família jamais tivera um cavalo, até onde eu sabia. E isso poderia significar um pedido impossível e insensível da minha parte, por um lado. Mas eu tentava olhar o avesso. Um dia alguém seria o primeiro. Poderia bem ser eu. E eu alimentaria nosso cavalo. Alisaria sua crina. Conheceria a mim mesma em seus profundos olhos negros. E um dia fugiríamos nele no meio da noite.

Não que a vida como era fosse exatamente ruim até então. Minha mãe tinha seu emprego como governanta e eu a ajudava desde os dez anos. Isso nos garantia o suficiente para nos salvar da fome e do frio. Mas eu não podia evitar querer mais. Sonhos me eram tão incontroláveis quanto o sono que os hospedava. Eu sonhava com os vestidos que costurava, os sapatos que lavava, a comida que servia. Minhas mãos eram apenas mensageiras a entregar presentes, e meu peito pedia mais do que isso. Eu deveria um dia receber presentes. Ao menos um. Por que não? Minha mãe sabia disso, mas ela não sonhava mais. Eu nem mesmo a via dormindo.

A moça também percebeu. Não sei bem quando, talvez em um dos jantares em que eu conduzia um prato à mesa encarando-o com a devoção de uma oferenda. Não sei. Mas ela percebeu.

"Menina. Venha cá. Aqui. Perto. Sente-se", ela disse um dia, enquanto sorvia o chá que eu acabara de servir. Permaneci de pé. *"Você não sabe o que está escrito aqui, sabe?"*, ela aparentemente se referia ao *Gazzete de Lausanne*[10] sobre a pequena mesa. Eu apenas neguei com a cabeça, os dedos entrelaçados. *"Claro que não. Você gostaria de aprender?"*, ela perguntou, como se a pergunta fizesse sentido. Repeti o mesmo movimento. *"Você está mentindo, menina. Sua mãe não lhe deu educação?"*, afirmou em tom de pergunta, sem levantar a voz, como faziam aquelas pessoas. Refiz o movimento, uma terceira vez. *"Não o quê? Sua mãe não te deu educação ou você não quer aprender? Responda. Abra a boca. Eu sei que você sabe falar"*, e era assustador imaginar que um transeunte desatento ignorante do conteúdo das suas palavras facilmente aprovaria a impostação educada da sua voz.

"Eu... não... é... minha... minha mãe me deu educação, sim, senhora. Eu acho", foi o melhor que pude fazer.

"Então você só não quer aprender. Bem, não é inteligente. Em qualquer sentido", e ainda falava sem olhar para mim. *"Uma pena. Um servo melhor há de servir melhor. Nem todos acreditam nisso. Talvez eles estejam certos, afinal. Mas seria uma boa experiência para provar meu ponto. E um passatempo. Ambos pouco importantes, enfim. Tudo bem. Talvez seja melhor aprender a andar a cavalo. Dispensada, menina. Vá. Fique à vontade"*.

Não percebi que havia dado as costas à moça até que eu já estivesse a caminho da porta. Os últimos três anos de trabalho naquela casa até ali ensinaram meu corpo a responder automaticamente a tais comandos. Mas não me apressei. Andei meus menores passos enquanto pensava no convite que recebera. E se eu aceitasse a proposta? Se eu aprendesse a juntar as letras? E se eu fosse a primeira da família? O que isso faria de mim? O que mudaria no meu futuro? O que a minha mãe diria?

"Com licença, senhora, por favor", eu disse, após minutos de ensaio, no limite da porta do salão.

Encontrávamo-nos na hora do chá, desde então. Ela sempre parecia muito inteligente e pouco paciente. Talvez todos os professores fossem assim. Usávamos a *Gazzete* e alguns livros infantis. Escrevi meu nome um dia. Não segurei a risada. Ela não sorriu. Escrevi "obrigado", semanas depois. Ela não havia me ensinado essa palavra. Se houve um sorriso, ela o escondeu por trás do chá.

---

[10] Jornal suíço publicado, com diferentes títulos, de 1798 a 1998.

Minha mãe não disse nada sobre isso, desde que contei a ela. Sempre achei que ela não gostava. Era um punhado de horas diárias quando o trabalho lhe pesava mais, afinal, sozinha que ficava. Era o que importava. Mas ela tampouco parecia disposta a contestar o que quer que fosse que seus patrões fizessem por mim.

Ou contra mim.

Ele estava lá, um dia. Seu marido. Pedi desculpas e disse-lhes que voltaria com mais chá para os dois. Ele segurou meu pulso, enquanto servia a moça.

"*Não precisa. Mas obrigado pela gentileza*", foi o que disse. Ninguém naquela casa me tocava. Ninguém naquela casa se tocava. Sua esposa tremeu os olhos, como se trocasse de alma comigo por um instante.

Nossas aulas acabaram assim, sem aviso. Sem conversa. Entendemo-nos.

Recolhia jornais do lixo, porém, e ainda os lia, sempre que podia. E escrevia com os dedos no chão, na hora de dormir. Minha mãe parecia um pouco mais feliz. Ou um pouco menos infeliz. Ou era só o que eu queria.

Um jornal limpo, enrolado e envolvido em um laço, com um bilhete escrito "de nada", logo ao lado do lixo. Foi o que encontrei, uma segunda-feira. Agradeci à moça, enquanto servia-lhe o chá.

"*Não sei do que você está falando, menina*", ela respondeu, e talvez fosse apenas uma forma de evitar o assunto, não tivesse eu percebido o mesmo olhar de antes. Agora, porém, coroado de algum furor contra mim.

Comecei a deixar o chá apenas na porta de seu quarto a partir daquele dia.

Os jornais continuavam aparecendo, limpos e bem preparados, e eu imaginava o que podia ser. Mas eu gostava das palavras. De ler. De saber. De provar o mundo. De me sentir maior. E eu não estava fazendo nada de errado. Eu sabia que não.

Um dia ele estava lá. No lixo. Com o jornal na mão. Dei boa tarde. Ouvi sua resposta. Despejei o conteúdo do balde. Limpei as mãos no avental. E olhei para ele por um segundo. Sem saber o que fazer.

"*Você quer?*", ele estendeu o jornal com uma das mãos. Apenas recusei com a cabeça, os dedos entrelaçados. "*Não minta. Eu sei que você quer. Eu vejo você. Tome. Pegue. É seu.*" E eu estendi a mão. Ele puxou o jornal para perto de si antes que eu o alcançasse. "*É seu. Eu vou te dar. Mas não parece justo que você ganhe tanto sem oferecer nada em troca*", ele continuou.

Foi ali, então.
Naquela hora.
Entre o lixo.
Como lixo.
Lixo.

x

Ele saiu andando. Batia as mãos nos joelhos. Batia o chapéu nas calças. Batia as botas na grama. Eu fiquei. Não sei quanto tempo. Meu coração batia a cabeça na parede do meu estômago. Eu imaginava o que era aquilo que podia ter acontecido. Mas não tinha certeza. Talvez tivesse sido só uma surra. Talvez eu merecesse. Não saberia dizer.

Andei com dificuldade até o lago. Entrei até a cintura. Lavei-me. Olhei para mim mesma na água rósea. Eu parecia uma velha. Um choro repentino explodiu de mim ao encarar meus olhos vazios. Entrei na água. Até sumir. Gritei o mais alto que pude. Esperei me afogar.

Não consegui.

Fui para casa sozinha. Lavei meu vestido. Fiquei deitada, olhando a parede, até o outro dia. Minha mãe brigou comigo quando chegou. Eu não deveria deixá-la sozinha. Eu não era mais criança, ela disse. Eu sabia disso.

Eu não entrava mais na casa. Não levava mais o lixo. Não queria ler. Não queria nada. Minha mãe me bateu. Não adiantou. Minha mãe me bateu outra vez. Não funcionou. Minha mãe voltou a me bater.

E cansou.

Eu cuidava dos animais, então. Do jardim. Da horta. Das roupas no varal. Tudo que me tirasse de onde eu não pisaria mais. E eu ia embora mais cedo. Antes da lua.

Não sangrei no mês seguinte. Talvez eu tivesse sangrado tudo naquele dia, pensei.

Minha mãe chamou um padre. Ela achou que um espírito mau havia feito algo comigo no último mês.

Ou que eu fosse o espírito mau.

Eu nunca havia visto um padre. Ele sorriu seus olhos verdes e me chamou para andar com ele. Andamos pelos campos da casa dos senhores. Ele me falou sobre Graça. Perdão. Misericórdia. Amor de Deus. Multidão de pecados. Contou histórias sobre mulheres pecadoras. Eu discordava de tudo em silêncio, é verdade. Mas ele falava com carinho. Como se alisasse minha crina. Decidi voltar a falar, depois de um mês.

"*Só existem histórias sobre mulheres pecadoras na sua Bíblia, padre?*", perguntei, sem força.

"*Não, não, filha... existem várias histórias sobre mulheres virtuosas, também. Sua mãe, por exemp...*".

"*Não, padre. Não é isso*", e eu estava impressionada com a minha própria coragem de interrompê-lo. "*Não existem histórias de homens pecadores?*", eu queria mesmo saber.

"*Ah, sim. Bem. Existem. Existem histórias de homens pecadores, sim. Na verdade, São Paulo nos lembra de que todos somos pecadores[11].*"

"*Mas o senhor só me falou de mulheres pecadoras.*"

"*Sim, bem, você é uma moça, eu imaginei que você se identificaria mais com elas.*"

"*O senhor me vê como uma pecadora.*"

"*Bem, todos nós somos, filha...*"

"*Eu não fiz nada de errado, padre.*"

"*Não... veja, não é verdade, todos nós erramos...*"

"*Padre, o senhor não está entendendo. O senhor não veio aqui porque minha mãe acha que eu contei uma mentira ou roubei alguma coisa. O senhor está aqui porque ela descobriu. Uma coisa*", e seu semblante de repente pareceu alguns anos mais cansado.

"*Tudo bem, menina. Sim. Sua mãe está com medo. Ela acha que você caiu em pecado.*"

"*Escuta, padre. Escuta o que o senhor está dizendo. Se ela acha que eu caí em pecado, ela está certa, não é? Porque todos nós caímos em pecado. Foi o senhor quem disse. Mas não é isso. O senhor fala de pecado como se fosse um só. Como se fosse só aquele.*"

---

[11] "Não há um justo, nem um sequer; [...] pois todos pecaram e estão destituídos da glória de Deus, [...]" Carta de São Paulo aos Romanos, capítulo 3, versículos 10 e 23 (Nova Versão Internacional).

"Menina, eu estou tentando ajudar você" e, por alguma razão, eu sentia que era verdade. Eu não estava com raiva do padre. Ele só estava vivo. Eu tinha ódio da vida.

"Tudo bem, padre. O senhor quer me ajudar, então?", parei de andar, sem perceber. Olhei para ele, sabendo que estava desistindo de tudo, mais uma vez. *"Então diga para todo mundo que o marido da mulher me pegou à força no lixo e me sangrou. Aquele demônio. Aquele mil demônios"*, eu respirava apressada, incontrolável.

"Filha, o que você está dizendo..."

"Diga, padre! Diga para todo mundo! E prenda-o! E corte sua cabeça na praça! E lance-a aos porcos! É ele! É ele o homem pecador! É ele, não eu! É ele, não eu! É ele, não eu!", e eu gritava sob as lágrimas como fiz embaixo da água.

O padre me abraçou. E chorou comigo.

Ele não voltou. Minha mãe não o chamou mais. Mas minha barriga começava a crescer. E ela me mandou ficar em casa. Agora eu costurava sem sair.

A primeira vez que conversei com ele foi por acidente. Deu-me o que parecia ser um chute interno na costela, e dei-lhe um tapa, mandando-o parar. Dei-me um tapa, mandando-me parar. Levei instantaneamente à boca a mesma mão desrespeitosa. Minha primeira conversa com meu filho tinha sido tão parecida com a última conversa da minha mãe comigo. A conversa que eu odiara. Eu não quis ser quem faziam de mim.

Parei o que estava fazendo e fui até um barril de água. Molhei as mãos e acariciei minha barriga, lentamente. Tentei demonstrar algum cuidado especial com as marcas vermelhas dos meus dedos na pele branca que a cada dia mais se esticava.

Voltei a falar com ele.

Pedi-lhe desculpas por não cantar. Por não saber cantar. Por não saber se sabia cantar. Prometi-lhe contar estórias, contudo. As que aprendera nos livros infantis. Sem pensar prometi-lhe a Bela e a Fera, e logo me desculpei e perguntei-lhe se podíamos tentar outra. Talvez a Bela Adormecida. Ou a Branca de Neve. Quem sabe a Gata Borralheira ou a Chapeuzinho Vermelho[12]. Sem a bruxa. Eu daria um jeito. Ele dificilmente perceberia a diferença.

---

[12] As estórias da Gata Borralheira (ou Cinderela) e da Chapeuzinho Vermelho foram primeiro publicadas por Charles Perrault em 1697. A primeira versão do conto da Bela e a Fera data de 1740. E as versões originais da Bela Adormecida e da Branca de Neve foram lançadas pelos irmãos Grimm em 1812.

Passei a conversar com ele todos os dias, desde então. Falava-lhe com palavras, quando estávamos longe de todo mundo. Mas, às vezes, falava-lhe em pensamento. Ele estava tão dentro de mim quanto qualquer dos meus pensamentos, afinal.

Infelizmente, ele não me respondia. A não ser por uma vez, foi o que senti. Visitou-me em um sonho, quando já não faltava muito tempo para ele em mim. Eu acordava uma manhã e minha barriga estava vazia. Abria a porta e ele me esperava lá fora, um jovem arrumado como o mais lindo duque da mais real das famílias. Ele me convidava para passear com uma voz suave e expansiva como o som de uma pedra mergulhando em um poço. Eu dava dois passos em direção à estrada e ele me apertava a mão. Virava-se de lado para mim, curvava os joelhos e arqueava os braços, sorrindo, como muitos anos antes fazia a minha mãe ao carregar-me nas costas pela estrada. Subia em sua cintura sem questionar.

Corríamos pelos campos. O vento nos cabelos. O sol nas costas.

Não batia com o chapéu em suas pernas.

"*Cavalinho*", dizia-lhe às gargalhadas, quando acordava.

No dia seguinte bateram à porta. Abri, e era a moça. Ela me olhou por inteira, e eu tremi as agulhas na mão.

"*Eu precisava ver com meus olhos*", ela disse, como se sua língua estivesse em chamas. "*Maldita. Bruxa.*"

Foi a primeira vez que ouvi essa palavra.

Ela se virou e desapareceu. Deitei-me lentamente na cama, e a minha barriga ouvia com pontadas e choques.

Meu filho nasceu na mesma cama, dois meses antes de eu fazer quinze anos. Mordi e apertei todos os panos que a minha mãe me deu. Não fiz barulho. Mas ele fez. Vi-lo chorar como se eu estivesse embaixo da água. E dei de mim a ele. E não nos soltamos por toda aquela noite. Tentei não dormir. Não queria acordar daquele sonho.

Acordei sozinha na cama. Tentei me levantar e meu corpo me avisava. Chamei pela minha mãe. Abri a porta onde nenhum duque me esperava. Andei lentamente pela rua lamacenta. Olhava por todos os lados. Sabia que ela não estaria ali. Mas eu precisava ir. A qualquer lugar. Ele não podia ir embora. Não assim. Não sem mim. Tentei andar mais depressa, com as mãos na base da barriga. As pessoas olhavam para mim, e eu sabia. E não me importava. Eu não podia parar. Peguei a estrada. Eu andaria até lá. Eu forçaria minha mãe a dizer o que fez com ele.

Eu faria. Com ela. Não sabia dizer o que. Mas eu faria.

Uma carroça vinha na direção contrária, na estrada. Os cavalos corriam muito. Os animais desaceleraram perto de mim. Eu ignorava tudo. Precisava continuar andando. O padre desceu da carroça, nervoso.

"Filha, filha, pare! Venha! Escute!", ele me segurava os ombros. *"Você precisa vir comigo! Entre na carroça. Entre, por favor! Entre agora!"*, e tentava me puxar as mãos. Eu não conseguia parar de andar.

"Não. Não. Não, padre. Eu preciso ir. Preciso ir. Preciso dele. Eu vou."

"Não, filha. Não... não... não vá... não..." e, como se estivesse fora do corpo, me vi dando socos no homem que não me soltava as mãos.

"Eu vou! Eu vou! Me solta!", e ele, assim como eu, não desistia.

"Menina... escute. Escute", e foi quando me abraçou chorando, mais uma vez. *"Ele não está lá. O bebê não está lá. Ele não existe mais."*

Eu acreditei nele. Havia verdade em sua voz e suas lágrimas. Na minha voz e nas minhas lágrimas não havia nada. Despenquei vazia no chão. Tudo acabou.

Ele me pôs no colo e me levou até a carroça. Deitou-me sobre as ripas como se cobrisse um estrado com um pano velho. Tudo parecia vibrar em alta velocidade, mas eu pouco conseguia notar. Estava afogada na tempestade de um poço infinito.

E agora estava presa em um navio, com todos esses filhos vivos de outras mulheres, a caminho de algum lugar qualquer.

Ainda não seria a primeira a ter um cavalo.

VI.

O ponto irrelevante

Para algumas pessoas, o sol inclemente em todas as direções seria o mais difícil. Para outras, o frio pontiagudo da noite. Talvez alguém não suportasse a solidão absoluta. Ou a completa incerteza do futuro.

Para mim era a comida. Eu nunca, nunca tinha visto tanta comida ao mesmo tempo na minha frente, toda para mim. Eu e todas aquelas caixas, sozinhos no barco à deriva. Na primeira noite só remei, chorei e gritei, é verdade. Mas o cheiro das frutas amontoadas umas às outras no calor da manhã era inebriante. Quis num rompante arrombar as caixas e despedaçar os frutos furiosamente.

E comi mais no primeiro dia. Um pouco mais. Bem pouco. Se eu havia aprendido algo na vida até ali era a ser capaz de controlar tudo que por algum súbito impulso me subisse à pele, ao custo da minha própria sobrevivência. E foi o que eu fiz. Dividi as frutas, os legumes, os pães. Mordiscava-lhes com resignada parcimônia. A maior abundância que à primeira vista tudo dentro do barco me parecesse era nada sobre tão vasto oceano, e eu sabia disso, e não me enganava, e repetidamente me lembrava. O oceano era tudo que havia, por todos os lados. E oxalá meu controle iria, mais uma vez, salvar-me a vida.

O sol, de fato, não era meu pior inimigo. Maltratava-me, sim, vez por outra, a pino, ainda que me posicionasse o mais estrategicamente por trás das ripas magras das caixas abertas e vestisse a camisa borrifada do branco e me afundasse em seu chapéu. O sol decerto não mais do que ignorava o ponto irrelevante que era eu sobre o azul. Ademais, éramos velhos conhecidos, de alguma forma. Vivera eu até ali sob seu olhar constante. Nunca antes havia colocado um chapéu sobre a cabeça. Ou vestido uma camisa de brancos, tampouco. Ou qualquer outra. Jamais calçara um sapato que aliviasse a temperatura das ruas de pedra sobre as quais por tantas viagens carregara fardos para lá e para cá. Ou qualquer outro. E mesmo os sulcos abertos pelos chicotes nas minhas costas não demoraram a aprender a cicatrizar ao sol. Tínhamos estabelecido, eu e o sol, uma frágil, mas respeitosa relação de paz.

As baixas temperaturas da noite, da mesma forma, não me apavoravam. Ao entenebrecer escondia-me no canto do barco, joelhos no peito, e era ali que me vinha a lembrança do ventre materno, como alguma abstinência irresistível de um vício fantasma. Lembrava-me do que não podia me lembrar, eu sei. Mas emoções reais sobre tempos reais deveriam ser algum tipo de lembrança. E muitas vezes emocionei-me ali, trêmulo de frio e choro, ao lembrar-me do quarto quente e da comida certa que tive sob o umbigo da minha mãe. O único lugar onde os chicotes não me alcançaram. Onde nenhuma manhã era tão quente e nenhuma noite tão fria. Em algum balanço das noites do barco dormia de cansaço, e vez por outra um sonho esticava a experiência e me reumbilicava a essa mulher cujo rosto não conheci. Que me punha no colo e cantava canções que ignorei. Talvez ela estivesse viva. Talvez o Deus das tempestades levasse o barco até ela. Talvez eu sobrevivesse. O frio não me assustava. Não o que vinha de fora.

É verdade que a solidão machucou por um tempo. Logo no primeiro dia, por certo. Sabia eu que a minha sobrevida solitária valera o futuro dos meus irmãos. Eu estava ali porque eles não estavam. E isso foi na minha mente, vezes demais, um espiral enlouquecedor. Por outro lado, porém, não era o primeiro episódio de vasta solidão que experimentava. Ou o segundo. Já fora, até ali, lançado em poços vazios, trancado em quartos úmidos, esquecido em troncos. E caminhado sozinho pela savana por dias e noites inteiros. Aprendera, portanto, desde pequeno, a conversar com tudo. Conversar em silêncio, do jeito que não acorda o capataz. A brilhante autobiografia da estrela, a oscilante dança do vagalume, a dura rima das pedras, as perfurantes piadas das acácias. Conscientemente escolhi nunca estar só. As dezenas e dezenas de dias acumulados naquele filete de madeira flutuante maltrataram, por certo. Nem todas as estrelas, e peixes, e frutas e reflexos na água da lua cheia me livraram de pisar o que me pareceu o limite da sanidade. Que cheguei a considerar, um dia daqueles, ter provavelmente cruzado muitos anos antes. Fato era que a solidão já me soava como a fisgada familiar de um membro amputado.

    Jamais poderia dizer que a névoa sobre o amanhã exatamente me transtornava. Talvez nem chegasse a me ser uma ausência. Fazer planos foi sempre um privilégio de poucos nos mundos que visitei. De certa forma, a experiência daquele barco era um microcosmo da minha vida. Dormia ali, no frio, sem a certeza de que sobreviveria ao dia seguinte. E sempre foi assim. No barco, meus algozes poderiam a qualquer momento ser a fome, a sede, a tormenta, um grande mamífero marinho ou a definitiva decisão de desistir. Nas senzalas e navios negreiros, precisávamos todos superar o trabalho exasperante, os açoites injustificados (não que qualquer deles jamais se justificasse, mas muitos dos que levei não recebiam mesmo a mais absurda justificativa), as inflamações e infecções na pele, as brigas entre nós pela metade de um pão bolorento ou a cama de um senhor. Além, naturalmente, da fome, da sede ou a definitiva decisão de desistir. Uma vida sem futuro era o que eu costumava chamar de vida. E isso não tinha relação direta com minha temporada no barco. Sem falsa modéstia, cem dias em um pequeno barco à deriva no oceano — ou mais do que cem, ou menos, não saberia dizer ao certo após as primeiras dúzias de rotinas repetidas — foram alguns dos dias mais seguros e serenos que havia vivido até o momento. Cheguei a pensar que talvez tivesse sido preparado precisamente para aquela experiência durante todos os meus dias até ali, enquanto refletia pela trigésima vez sobre o propósito da vida e de todas as coisas.

    Vinte e sete noites antes, houve o temporal. Ou assim eu acreditava. Eu poderia apostar que estava ali, já àquela altura, por cem dias ou mais. Havia primeiro tentado manter a conta na cabeça, então com riscos de punhal na parede do barco e logo já não sabia se havia ou não riscado naquele dia tão exatamente idêntico ao anterior e ao que viera antes dele. Preferi interromper a contagem. Percebi que, realmente, não fazia sentido. Caso o barco fosse meu túmulo, como ensaiava ser, a quantidade de riscos em sua parede se provaria infrutífera. E se, por alguma reviravolta no senso de humor confuso do universo, eu, as frutas, os legumes, os pães, as garrafas, a faca e o barco um dia pisássemos outra vez terra firme, entalhes irresponsáveis feitos a mais me tornariam a pior espécie de mentirosos, os que voluntariamente assumem a confusão conveniente da própria narrativa. Eu não era um mentiroso. Não assim. Se um dia eu contasse a história da minha vida para alguém, eu o faria com o respeito que mereceu cada suspiro negro que me trouxe aqui.

Primeiro houve o silêncio. Um silêncio quase palpável. Em um instante havia o som da água esbarrando a madeira do barco, e no outro, o nada. Bati as juntas dos dedos magros no chão, para ter certeza de que a privação não havia me roubado um sentido. Vinha comendo cada vez menos. Não porque quase tudo já estivesse apodrecido. Isso nunca me fora um problema. Talvez eu estivesse sendo providente. Ou apenas me faltasse vontade de tudo. Mas ouvi as minhas próprias batidas. Era um gigantesco silêncio real, como se alguém tivesse botado Deus de castigo.

Então veio o escuro. Naturalmente, as noites do oceano variavam seu espectro de luminosidades com as fases da lua. E aquela noite já era lua nova, é bem verdade. Todavia dessa vez não apenas a lua se escondera, mas, uma a uma, cada estrela do céu teve sua chama assoprada. Após o primeiro teste, já estava relativamente certo de que meus olhos não eram o problema. E a conclusão restante era óbvia. O céu estava coberto de nuvens, as quais eu apenas não podia ver — provavelmente para a vantagem da minha serenidade restante.

Logo, o vento. Um sibilo agudo distante, e com ele um sopro barítono, e enfim um ressoar gravíssimo. O silêncio que dantes fora instaurado agora via suspenso sem cerimônia. As nuvens escuras abriam e fechavam buracos assimétricos, como um monstro mitológico a ruminar estrelas no céu da boca. Meus ossos começavam a ser lançados para todos os lados, e eu tentava me segurar com a força que sabia não mais ter. Tive a ideia de comer sem limites e não pensei muito antes de aplicá-la. Não era mistério o que estava por vir. As chances de que eu sobrevivesse a mais essa intempérie, a essa altura, eram ridículas, sob qualquer aspecto. Talvez ao menos eu ganhasse alguma força para lutar por qualquer coisa por instantes a mais. Ou morresse de barriga cheia, que lembrei ter sido um sonho engraçado em alguma altura da minha infância. Engoli sem mastigar indistintamente o que minhas mãos alcançaram.

As gotas começaram. Desde o início desciam grossas como os cravos de ferrovias que uma vez vi. Geladas. Doces. Estendi os braços, agarrei os cantos do barco, fechei os olhos, abri a boca e bebi. Pareci a mim mesmo me esquecer do cenário apocalíptico que se armava. Mas era água. Sem sal. Eu sorvia apenas goles esparsos de vinho há tempo demais. E era água. Doce. Gelada. Perfeita. Mas logo senti as costas úmidas. Um dedo de água já descansava no fundo do barco que começava a pender solto nas ondas, como a folha de outono que se despede da árvore. Tirei a camisa do branco, depositei rapidamente uma garrafa e alguma comida, juntei as pontas e dei os nós que lhe couberam. Enfiei meu braço pelo buraco que acabara de calcular e mantive essa bolsa improvisada suspensa sobre meu peito esquálido. Apertei os pés e as mãos nas paredes da embarcação, como se quase pudesse expandi-las. E deixei-me vibrar na sinfonia do caos.

Por muitas razões não posso descrever precisamente o que aconteceu depois. Estava escuro o tempo todo. Fechei os olhos muitas vezes. O barco girou escondendo-me em um bolsão de ar e girou de volta incansavelmente. Fui submerso e resgatado por ondas repetidamente. Em todas as longas horas do pandemônio, não lutava, apenas resistia, pequeno como era. Um soldado em fuga no campo minado. Ou uma criança indefesa. Apesar de tudo, invadia-me uma sensação de leveza serena, não desespero. Não fora uma chuva aterrorizante que primeiro me abrira os olhos para a fragilidade da minha própria vida, afinal. Antes dela, os últimos dias já haviam me esclarecido isso e, antes deles, os tons da minha existência já haviam feito o mesmo. Estava pronto, como provavelmente estaria qualquer um dos meus irmãos. A vida a que deveríamos ter natural direito seria agora para mim, como sempre fora, mais uma vez um presente ao qual eu aparentemente deveria descobrir a quem agradecer. E morrer em liberdade seria a menor das enormes vitórias. O barulho era ensurdecedor. Apanhei como pude, trincando as unhas nas paredes do barco, e esperei virar espuma.

Um beliscão no dedo. Algum peixe despertava o braço que boiava na água. Sol. Sentei-me. Minha bolsa improvisada ainda pendia e gotejava miraculosamente sobre meu peito. Água pela metade da embarcação. Por horas joguei quase toda ela fora às pequenas porções que enchiam as palmas unidas do esqueleto das minhas mãos. Olhava em volta enquanto esvaziava esse resiliente barco. Qualquer sinal das caixas de comida e seu conteúdo havia boiado para longe antes de eu acordar. Ao pôr do sol pus-me de frente à minha bolsa aberta. Duas garrafas, cinco frutas, três legumes. Olhei para tudo e não tive vontade de puxar conversa com nada.

Não houve mais uma tempestade como a daquela noite. Um vento um pouco mais forte, uma noite mais escura, algumas gotas. Mas nada como aquilo. O que soaria como um alívio, de certa forma, não fosse, a partir de então, a crescente clareza sobre o fim. Por mais que eu soubesse bem o que havia ou não em cada uma delas, antes as paredes das caixas serviram para maquiar minha contagem regressiva. Agora, porém, o que me restava zombava de mim a olhos nus. Mantive a disciplina, contudo. Pequenos goles. Leves mordidas. Talvez eu precisasse permanecer no controle de alguma coisa. Permaneci, contra as vozes gradativamente mais audíveis da minha cabeça.

Uma rodela de banana retinta foi a última coisa que engoli. Engoli. Mastigá-la seria pior. Era remédio, não era comida. Restara agora um dedo de vinho no fundo da garrafa. E, depois dele, apenas eu e o Deus da tempestade. Não demorou a acontecer, então, em comparação com todo o tempo em que já estava ali. Dois dias. Ou três. Já não saberia dizer. Em um entardecer virei a garrafa e senti as gotas deslizarem secas garganta abaixo. Deitei-me, e tudo machucava a coluna quase exposta sob a camada translúcida de pele rachada. Decidi não mais me mover. Fazia sentido para mim não morrer me debatendo. Seria como não gritar ao ser chicoteado. Um último protesto. O controle definitivo. Apenas cobri meu rosto com a camisa do branco, como faz quem respeita um cadáver exposto ao relento. Dei-me o respeito que não receberia em terra firme. Vi a luz mudar algumas vezes sobre mim. A aurora. O dia. O ocaso. A noite. E outra vez. E mais uma vez. E de novo.

De todas as conversas que tivera com todas as coisas naquela casa flutuante, havia conscientemente deixado o Deus da tempestade para o final. Quem sabe parecia certo que fosse assim. Ou eu apenas quisesse ignorá-Lo de volta. Mas o que subitamente houve de mais verdadeiro no pedaço de mim jogado ali foi o desejo de me despedir de um vivo. Não do que é inanimado ou sabidamente fantástico. Mas de um vivo. Meus fragmentos confusos de consciência desconexa gritavam afônicos a opinião de que deveria ser esse um mínimo direito de qualquer vivente. Se a vida não foi testemunhada com atenção, a morte deveria ser. E eu definitivamente não estava certo de que esse Deus seria menos fantástico do que qualquer outra coisa. Nunca estive certo e, se Ele jamais me soara consternado em convencer-me de Sua existência por toda a minha vida, ultimamente me passava a paradoxal impressão de querer friamente me convencer de Sua inexistência. A verdade é que eu estava, entretanto, sem opções. Despedi-me dEle, portanto.

Tentei parecer elegante no fim. Independentemente da santidade do interlocutor ou da razoabilidade da minha causa, não seria de bom tom que minhas derradeiras palavras descambassem em protestos ou xingamentos. Eu estava no controle. Cumprimentei-lhe com uma graça que impressionou a mim mesmo. Não tive pressa. Não tinha outros compromissos, apesar de não estar certo de quanto tempo, de fato. Pedi antecipadas desculpas caso dormisse no meio de um pensamento qualquer. Era bem provável que acontecesse. E comecei do começo. Falei-Lhe da mãe que tanto gostaria de cheirar. E perguntei-Lhe se havia um Céu dos negros como aparentemente havia um para os brancos. E como seria lá. E quem estaria nele. E se eu o mereceria. Confessei-Lhe que, há alguns anos, refleti sobre o assunto e cheguei a pensar que deveria ser um lugar bonito, com cachoeiras, lagoas, rios e mares. Agora, se me dava licença, pedi-Lhe que, caso fizesse algum sentido, posicionasse meu lote longe da costa, onde eu só visse o mar se um dia fosse arrebatado de uma vontade ensandecida. Uma eternidade e meia talvez me fizesse algo assim. Talvez o Céu pudesse ser a volta ao ventre. Era minha melhor versão, foi o que disse a Ele.

Falei-Lhe do Professor, de tudo que aprendi, da sorte de seus olhos terem sido os últimos olhos de gente que vi e da dor de viver por sua morte e jamais poder viver por sua vida. Falei-Lhe de como evitei amar, e advoguei-me no fato de que isso não deveria ser razão suficiente para roubar-me o Céu. Se havia uma chave para o Céu que não o amor, nada mais fazia sentido, mas não sufoquei o amor não por não querer ou não saber. Não. Foi precisamente por saber que amar é querer. É querer ter, e eu nunca pude ter nada. Não podia amar o que me seria arrancado sem aviso. Se amei, foi sem querer, era a verdade da qual não me orgulhava. Mas pedi Sua compreensão.

Lembrei-me de mais coisas, enfim. Tentei lembrar-me de tudo. Como dos risos que vez por outra dei, sempre tão culpados. Dos lugares bonitos que vi. Das boas almas que conheci. Não citei o nome de qualquer branco. Devolvi-lhes o esquecimento, por algumas horas. Então, calei-me por um tempo. E perguntei-Lhe, enfim, sobre essa sorte ou falta dela. Sobre ter sido escolhido para sobreviver, no porão daquele navio negreiro, em um sorteio tão injusto, para morrer ali, lutando apenas pela minha própria vida e não pela dos meus irmãos e irmãs, como fizeram por mim. E então calei-me outra vez. E vi a luz do dia se despedir. E me permiti adormecer, não sem antes descolar meus lábios uma última vez e desejar boa noite ao Deus da tempestade.

Vinte e sete dias depois daquela noite de tormenta — ou assim eu acreditava, o barco ancorou em uma praia.

VII.

Volta lenta

Deu certo dessa vez. Sem enrolação, como ela sempre preferia.

"*Vamo abrir o diário, então?*", ela perguntou, escorregando a mochila na mesa e segurando sua mão estendida.

"*Parece que você tá bem decidida dessa vez, né.*"

"*Hmm... eu sempre posso mudar de ideia*", e eu já entregava a garrafa aos seus dedos.

A última aula terminara, o professor de Artes acabara de sair e estávamos sozinhos na sala, como havíamos combinado pelo celular no início daquela manhã. Não parecia mais necessário que procurássemos um quase esconderijo como da última vez, ao menos não depois do inspetor-chefe já ter examinado a garrafa e recebido em primeira mão uma versão à prova de curiosidade da nossa história.

"*Sério que eu posso abrir?*", pediu a donzela.

"*Você sabe abrir, né?*"

"*Ué. Não é só girar esse negocinho aqui em cima?*", e só então percebi quão ridiculamente inseguras foram minhas dezenas de minutos na internet vendo uma porção de sujeitos de meia idade desfilando sua supostamente invejável intimidade com abridores de rolhas cromados.

"*É... porque eu já fiz a parte mais difícil.*"

"*Ah, claro que você fez...*", ela disse, esticando as primeiras vogais enquanto posicionava a garrafa estrategicamente na sua frente, na mesa do professor. Olhamos para ela e um para o outro, por segundos tímidos.

"*É isso. Vai lá. Sem enrolação.*"

"*Aham. Tá. Tá bom. Então, tá. Vou, sim. Agora. É isso. Lá vai*", e começou a girar a rolha lentamente, sem força, só com um olho aberto, como se o risco de que de dentro dela subitamente jorrasse algum gás radioativo fosse comprovadamente alarmante. A rolha rangeu uma e outra vez, em que ela parou assustada por um momento, incapaz de conter um par de risos nervosos. Enfim, o saca-rolhas parou.

"*Agora é só girar*", emendei, acidentalmente professoral.

"*É, eu sei. Sua vez. Gira, vai*", ela disse em sílabas apressadas, reapertando as mãos entre os joelhos e ricocheteando na cadeira.

"*Eu?*"

"*É. Você.*"

"*Certeza?*"

"*Vai logo. Eu já fiz a minha parte.*"

"*Hmm. Tá. Tá bom. Obrigado por fazer a sua parte.*"

"*De nada. Vai. Vai. Abre*", numa angústia curiosa. Levantei as sobrancelhas, apoiei a garrafa com força na mesa e puxei a rolha, tentando ser firme, mas não grosseiro. Não funcionou.

"*Acho que eu preciso de ajuda.*"

"*Precisa?*", e me olhou de baixo para cima, num quase pedido de socorro.

"*Aham. Só segura a garrafa com as duas mãos, por favor. E eu puxo a rolha. Ela deve tá aí há tempo demais. Não tá saindo.*"

"*Ai, caraca. Tá bom. Sabe que eu tô quase mudando de ideia, né.*"

"*Vou puxar!*"

"*Tá, tá, tá bom...*", respondeu, segurando a garrafa com duas mãos e dez unhas de um brilhante cor de unha. Forcei um pouco mais. A garrafa saiu e voltou para a mesa uma e outra vez, na gravidade das suas mãos. Girei levemente o saca-rolhas para os dois lados, enquanto ele reclamava gemidos quase inaudíveis. E, em um pequeno estouro grave de som encapsulado, a rolha e a garrafa enfim se divorciaram. Não resisti à tentação e soltei o grito curto que havia planejado dar exatamente nessa hora para assustá-la. Na hora certa. O que eu não esperava era que ela levasse o susto tão a sério e soltasse a garrafa na mesa, que girou para a borda quase ao ponto de eu não conseguir segurá-la.

"*Eu não acredito que você fez isso! Seu doido! Maluco! Chato!*", quase gritava entre os socos.

"*Ah, sua carinha de susto é muito...*", e tive a mais absoluta certeza, tempos depois, de que devia mesmo ter terminado a frase. Ela desfez os olhos assustados por trás dos fios bagunçados e transformou-os de volta nesses planetas de ônix que costumavam ser. Como em todas as noites antes de dormir nos últimos anos, vinha pensando nela e, mais recentemente, pensava em não desviar os olhos dos seus da próxima vez, como já fizera antes tantas vezes. Lembrei. Tentei. Efervesci. Consegui. E ela não demorou a desviar. Voltei à minha velha órbita ao descansar a rolha na mesa, ao lado da garrafa, ainda olhando para ela.

"*Acho que agora a gente tira o que tem aí dentro, né*", foi a melhor saída que ela conseguiu encontrar.

"*É. É isso. E é a sua vez.*"

"*Eita. É?*"

"*É. A gente tá fazendo isso juntos. O último fui eu.*"

"*Hmm. É. Tá. Ok. Mas, pera. Calma. Não tinha que ter luva pra botar a mão aí dentro e pegar esse negócio? Quer dizer, é sempre assim nos filmes, eu acho*", e tirei um par de luvas cirúrgicas do bolso de trás. Uma cena que me custara uma caixa com cem pares na farmácia perto de casa, mas que valeu cada centavo.

"*É sua. Você não vai fugir dessa, bonitinha.*"

"*Nossa. Tá. Eu boto. Mandão. Tô achando que você pensou um pouco demais nisso tudo, viu*", e ela não fazia ideia.

"*E isso, também*", continuei, oferecendo-lhe uma máscara.

"*Jesus. Tá bom*". A carta parecia longa, dada sua gordura, e sua ponta superior se estendia até bem próximo da boca da garrafa, onde antes residia a fração submersa da rolha. Ela aproximou a ponta dos dedos do interior da garrafa e tocou a carta, olhando repetidamente para mim e para a sua mão, espremendo os ombros como se um frio fantasma soprasse sua nuca.

"*Puxa, vai.*"

"*Eu tô puxando*", ela devolveu, e o ruído áspero da carta escapando do invólucro de vidro rastejava pelas minhas costas arrepiadas.

"*Pronto... conseguiu*", tentei consolá-la, enquanto vestia meu próprio par de luvas e a máscara.

"*E agora? Eu boto onde?*", ela perguntou, suspendendo o artigo no ar com a ponta dos dedos e o braço esticado.

"*Aqui*". Tirei da minha mochila uma toalha de rosto que escondi do varal e estendi simetricamente na sua frente. Ela descansou a carta sobre a toalha, como o Cristo de uma Pietá científica.

"*Sua vez. Agora abre*", e já se levantava da cadeira do professor na terceira palavra.

"*Abro, sim. Mandona*", respondi, caminhando para a cadeira e espiando de soslaio seu meio sorriso. Estudei a carta, girando os olhos em volta dela, sem tocá-la, e senti o jeans do seu joelho no meu.

"*Viu como eu não tava exagerando? Dá um medinho...*"

"*Eu não tô com medo. Tô sendo cauteloso.*"

"*Claro que é medo. Bobo.*"

"*Não é, não...*"

"*Homens podem ter medo.*"

"*Eu sei que podem. Eu tenho, às vezes.*"

"*Ah, me conta!*"

"*O quê?*"

"*Ué, do que você tem medo!*"

"*Agora?!*" Por mais acostumado que eu estivesse, era sempre curioso como ela liquidificava assuntos com tanta naturalidade.

"*E não pode?*"

"*Ah, da última vez a gente ficou enrolando, sua mãe chegou e foi aquele negócio.*"

"*Ah, é. Tá. Sim. Hoje não vai acontecer. Mas eu não posso demorar muito, de novo, mesmo.*"

"*Pois é. Bem. Eu vou parar de ser cauteloso, então.*"

"*Por favor. Obrigada. Medroso*", e eu já tocava as extremidades da carta com os dedos plastificados. Desenrolei gentilmente suas voltas, revelando devagar as letras escuras de um idioma estranho. Sentia, ao meu lado, seu queixo encostar meu ombro e sua respiração pesada de tensão. Era impossível não pensar em quão poucos movimentos eu precisaria fazer ali, exatamente naquela hora, para conseguir beijá-la. Eu só nunca tinha certeza se ela queria, mesmo, afinal. Entre a biblioteca, a praça, os fones de ouvido, os filmes, as letras no meu caderno, as horas no telefone e os comentários de todo mundo, eu ainda não tinha certeza absoluta. Talvez eu não precisasse ter para fazer o que eu queria fazer. O que eu mais queria fazer. Talvez ninguém precise. Ou talvez sempre tivesse alguma coisa no meio, mesmo.

"Pronto. Pronto. É isso", contemplei a carta completamente aberta na nossa frente, enquanto me movia lentamente para trás e descansava as costas tensas na cadeira. Ficamos ali, parados, em silêncio, por uns trinta segundos. Pensei no seu rosto em meu ombro por trinta e dois deles.

"Nossa. É grande. Não é uma carta. É um romance. E eu não tô entendendo nada. Não era pra ser Inglês ou Francês?", ela perguntou, e a ideia de que ela lembrava tão bem os detalhes da minha intrincada possibilidade já estalava gravetos em brasa no meu peito.

"É... era. Na minha versão."

"Puxa. Não era aquilo, então?"

"O cara que sobrevive no navio americano que desapareceu em mil oitocentos e quatorze, resgata uma garrafa de vinho francês que ia pra Thomas Jefferson e se salva em uma ilha do Caribe?"

"De que valeu tanta Wikipedia, meu Deus..."

"É. Sacanagem. Mas a história fazia algum sentido."

"Pior que fazia. Esses rabiscos aqui é que não fazem."

"Muito louco. Não tô reconhecendo nem uma palavra", e eu tentava mesmo pescar alguma.

"Ah, claro. Você só quer saber de tudo, também. Para."

"Não... quer dizer... isso é chato, né?", fui subitamente suspenso da curiosidade da carta sobre a mesa. Minha vontade de decifrar o coração na minha frente mantinha-se invicta.

"Às vezes."

"Nossa. Desculpa."

"Tá tudo bem. Às vezes é legal. Às vezes", e ela fazia o que sempre fazia, criticando-me com jeitinho.

"*Bem, já sei o que a gente pode fazer*", eu disse, ignorando a carta, virando a cadeira do professor para ela e tirando a máscara.

"*Não vai ficar digitando cada palavrinha misteriosa dessa no computador, né?*", ela respondeu, afastando-se um pouco enquanto revelava de novo seu batom fraquinho.

"*Ah, eu nem pensei nisso dessa vez.*"

"*Milagre.*"

"*Eu pensei em falar com o Da Hora.*"

"*Hmm... será?*"

"*Por que não? Ele é legal. E inteligente. Sabe super de História. Talvez ele consiga ajudar com coisa velha assim.*"

"*Antiga.*"

"*Quê?*"

"*Antiga. Coisa antiga, não velha, né. Acho que é mais certo. E fofo.*"

"*Ah, tá. Desculpa. Porventura ele conseguirá nos auxiliar com artefatos antigos*", corrigi, em pompa e circunstância.

"*Ai, você, também, viu. Mas, olha, talvez ele fale com alguém e talvez mande a gente entregar isso pra algum museu, sei lá*", não era raro que ela tivesse razão.

"*Eita. É. E se a gente só tirasse uma foto e mostrasse pra ele? Como se a gente tivesse visto na Internet e estivesse curioso.*"

"*E ele vai cair nessa?*"

"*Ele também pode não acreditar que a gente achou isso na praia.*"

"*É. Naquele dia que você levou uma surra horrorosa de uma onda.*"

"*Ai... olha, a onda era grande e pode acontecer com qualquer um. E ele não precisa saber dessa parte. Ninguém precisa.*"

"*A onda era só médio grande e nunca aconteceu comigo. E eu morro de vontade de contar pra todo mundo, porque foi muito engraçado*", e ela nunca cansava de brincar de me perturbar.

"*Boba.*"

"*Mas, tá. Acho que você tem razão. O professor, então.*"

"*Legal. Amanhã?*"

"*Amanhã.*"

"*Me ajuda a guardar, por favor?*", pedi, tentando alongar cada minuto dela comigo.

"*Ajudo*", e levantou-se da cadeira, devolveu a máscara ao rosto e segurou a garrafa. Comecei a dobrar a carta de novo, suavemente.

"*Olha! Olha aqui!*", parei subitamente, travado naquilo que meus olhos tinham capturado.

"*Que foi?!*", perguntou, genuinamente curiosa, enquanto eu abria um pouco a carta outra vez.

"*Aqui, essa palavra*", e aproximei meu dedo o máximo possível, sem tocar a superfície.

"*Tô vendo... ma... ka... ko. Macaco?*"

"*Macaco!*", ecoei, bem mais animado do que ela.

"*Uau... que incrível... êêê... por que a gente tá tão feliz, mesmo?*"

"*Ah, porque não tá escrito monkey, nem macaco em Francês, que eu acho que não deve ser makako...*"

"*Singe.*"

"*O quê?*"

"*Macaco, em Francês, é singe.*"

"*Singe?*"

"*Não, singe*", repetiu devagar.

"*Singe.*"

"*Isso, singe.*"

"*Sério?*"

"*Sério.*"

"*Uau. Eu não sabia que você sabia alguma coisa de Francês!*"

"*E é tão estranho assim pra você eu saber?*"

"*Não! Não... não é isso...*"

"*Você já devia saber que eu sei de tudo. Cuidado comigo*", ela disse, olhando para cima, de olhos fechados, como se sua frase lhe outorgasse um título instantâneo de nobreza, em parte porque era mesmo seu jeito gostoso de sempre, em parte talvez para me dizer sem dizer que não estava realmente achando que eu a havia menosprezado. Talvez ela só gostasse de me deixar nervoso. Talvez ela só gostasse de perceber o que era capaz de fazer comigo, com tão pouco.

"*Você...*", e eu ainda engolia tanto do que me vinha à boca sobre ela.

"*É brincadeira, besta. Singe[13] é o sobrenome de um carinha legal que faz uns mashups no YouTube. Aí eu pesquisei ele no Google esses dias, apareceu um monte de macaquinhos e eu fui tentar entender o porquê. Ta-dã*", ela terminou, abrindo os braços, como no *finale* de um espetáculo inteiro só para mim.

"*Ah, mas você foi curiosa pra perguntar, aprendeu uma coisa nova, não esqueceu e me ensinou. Muitas estrelinhas pra você.*"

"*Você é muito bonzinho comigo...*", e eu terminava a última volta lenta da carta, quando o celular novo dela vibrou sobre a mesa, com a foto do rosto do namorado na chamada de áudio. Ela tomou-o rapidamente e recolheu sua mochila.

"*Você precisa ir.*"

"*É, eu preciso*", ela respondeu, distante e apressada.

"*Tudo bem.*"

"*Desculpa não poder terminar de ajudar você*", e já caminhava de costas.

"*Tudo bem*", e eu já não conseguia disfarçar a gentileza forçada.

"*Tudo bem mesmo?*"

"*Como assim?*", a pergunta correra entre os meus dentes antes que eu pudesse mordê-la.

"*É pra tá tudo bem?*", ela devolveu, levantando a mão que segura o celular com a expressão de quem acabara de abrir uma nota de rodapé na atmosfera do meio da sala entre nós, para não perguntar com todas as letras o que realmente queria perguntar.

"*Eu... não...*"

"*Deixa pra lá. Tchau. A gente se fala mais tarde*", e sumiu do outro lado da porta da sala.

Eu fiquei ali, tentando entender o que eu já tinha entendido.

E talvez esse fosse meu medo, afinal, se um dia eu conseguisse responder a ela.

Vê-la ir embora vezes demais.

---

[13] William Singe é um cantor, compositor e produtor australiano.

VIII.

Minha história

Todos já haviam ido dormir, e eu não conseguia me mover. Não era apenas a rotina do dia que me deixava exausta. Era o trabalho da semana, do mês, dos últimos quatro meses. Eu cozinhava, lavava, limpava, remendava. Sem descanso. Para dezenas de homens cada dia menos preocupados em fazer sua mínima parte, comigo ali. Era como a vida de antes, mais o enjoo do mar. E, naquela noite, eu estava especialmente desfeita.

"*Eu conheci aquela mulher, sabia?*", disse o capitão, de repente me avisando que estava ali.

"*Que mulher?*", perguntei, sem vontade.

"*Da casa onde você trabalhou.*"

"*A moça? A dona?*", perguntei, incrédula.

"*Ela.*"

"*Não, acho que não.*"

"*Eu sei. Não faz sentido eu conhecer ela. Um marinheiro sujo como eu e uma moça bem arrumada como aquela. O que podem ter em comum, além de tudo que dois seres humanos têm?*", e ele parecia animado demais com a conversa para que eu simplesmente o ignorasse.

"*Tudo bem. Pode falar. Eu estou curiosa.*"

"*Ela não nasceu ali. Naquela parte da cidade. Ela era como a gente*", dizia-me, com os pés sobre a mesa, como quem mente aos amigos sobre o último grande peixe que não fisgou.

"*Ela nunca foi como eu, capitão.*"

"*Bem, eu não sei exatamente como você era, mas a família dela era pobre. A gente nasceu no mesmo bairro em Genebra. Eles não eram pobres como eu, mas eram, sim. Pode acreditar*", e começou a ser difícil não prestar atenção no que ele dizia.

"*E como você tem certeza que era ela?*"

"*Porque ela era linda. Chamava atenção de todo mundo. Desde criança. Todo mundo sabia quem ela era.*"

"*Certo. E você também deve saber como ela saiu de lá, então.*"

"*Bem, saber eu não sei. Eu sei o que dizem*", e ele obviamente esperava uma pergunta.

"*Como assim o que dizem?*"

"*Bem, ela sumiu de repente. Aos quatorze anos. E os pais reformaram a casa. E abriram uma padaria. Ao mesmo tempo*", falou em tom de suspense, como quem acaba de descobrir um segredo.

"*E essa é a mesma moça que eu conheci?*"

"*É, sim. A mesma. Todo mundo do bairro começou a comentar. Que a viu no teatro que limpavam, em uma carruagem pela rua ou em um baile onde serviam aperitivos. Com um jovem um pouco mais velho*", e a possibilidade do personagem ser real me enojou instantaneamente.

"*Você acha que ele a comprou, então?*"

"*Você fala como se o fato dele compra-la fosse o absurdo da história*", suspendeu o marujo.

"*E não é absurdo?*", devolvi, ofendida.

"*Os pais a venderam, menina. Isso é absurdo*", completou. E talvez ele tivesse razão. Ficamos calados por alguns minutos. O vento cantava baixo pelas frestas das ripas da sala e eu pensava em tudo que ouvira.

"*Eu acredito*", rompi o silêncio.

"*Não faz diferença para mim. Mas bom para você.*"

"*Ela me ensinou a ler. E escrever.*"

"*Ela?*"

"*Ela.*"

"*Curioso*", pensou alto o homem, olhando para o teto.

"*Ela ter me ensinado a ler?*"

"*Curioso você saber ler e escrever, e curioso ela ter ensinado você.*"

"*Ela só estava entediada. Era um passatempo, ela mesma me disse, uma vez. E uma experiência. Um servo melhor serve melhor. Foi como ela me explicou.*"

"*Talvez. Ou talvez ela quisesse que você aprendesse a ler e saísse de lá para um lugar melhor antes que fosse tarde. Salvar a si mesma em você*", disse, antes de silenciar por um tempo.

Considerei tudo aquilo por alguns minutos. Não que eu estivesse de qualquer maneira disposta a absolver aquela mulher. Mas era um tipo estranho de lucidez.

"*Então você sabe ler mapas*", ele disse, como se quisesse me dar mais uma função para horas do dia que ainda não haviam inventado. Aquela conversa toda me ensinava que ele era mais inteligente do que parecera até ali. E mais esperto.

"*Já vi alguns aqui no barco, sim. E o senhor lendo alguma coisa. Com uma bússola, não parece a tarefa mais difícil que existe.*"

"*Para qualquer desses homens aqui, é, sim*", completou, irônico.

"*Boa sorte com isso, capitão*", completei, irônica.

"*Bem, você deveria dormir, menina*", ele diz, levantando-se.

"*Eu sei. Para preparar o café. Eu vou. Depois de lavar a louça do jantar*", e eu não entendia meus motivos de ainda tentar entoar um descontentamento. Já havia ficado claro para mim até ali que respirar sobre aquele barco ao invés de sufocar sob a terra já me era uma dívida eterna com o sujeito.

"*Isso mesmo*", concordou sem esforço ou pudor, levando as mãos às costas doloridas.

"*Boa noite*", insisti, como fazia com todos ali nos últimos quatro meses.

"*Não faz mesmo diferença para mim você acreditar nessa história toda que eu contei, filha. Mas ainda acho mesmo bom para você que seja assim.*"

"*Também não faz muita diferença para mim, capitão.*"

"*Ah, pois deveria fazer. Fazer as pazes com o passado. Quando os anos pesarem nas costas e na consciência, vai fazer muita diferença*", e deu o primeiro passo para o lado de lá da porta. O mar dormia tranquilo e, em noites assim, todos os bêbados o acompanhariam.

Suspirei fundo, como se buscasse forças de um sol que estava do outro lado do planeta. Juntei a louça e lavei tudo, pensando em nada. Teria, na melhor das hipóteses, cinco horas de sono. Retirei os panos do armário e estendi no canto menos imundo da cozinha. Havia decidido comigo mesma que seria melhor dormir ali, afinal, do que mais perto de qualquer um deles. Devo ter desligado em poucos segundos.

Uma mão na minha boca me despertou em desespero. Não reconheci quem era e não importava. O diabo já se colocava por cima de mim, tentando prender minhas pernas com seus joelhos e abaixando suas calças. Minhas mãos primeiro voaram em seu rosto, em um impulso. Ele esticou o pescoço para trás e escapou das minhas unhas. E logo lembrei do que ensaiei em pesadelos tantas vezes. E não me doeu.

Puxei a lâmina de baixo do lençol e cravei em sua barriga. Abençoado seja, santo padre. Rasguei sua mão com meus dentes. Ele não gritou. Empurrei-o para o lado. E não percebi os movimentos violentos dos meus braços convulsivos até meus dedos pingarem sangue. Havia cortado minha própria mão. Fiquei de pé ali, encarando seus olhos aflitos do último pico de vida. Era um dos muitos serventes do capitão. E não fazia diferença. Sobreviveu da vida que veio da minha panela. E não fazia mais diferença. Era só menos um filho de outra mulher. E não fazia mais diferença para mim.

Eu sabia o que precisava fazer agora.

Todos ainda dormiriam por mais duas horas, pelo menos. Eu precisaria de bem menos. Juntei minhas poucas roupas. Peguei algumas das deles, que havia lavado no dia anterior. Martelo. Pregos. Serrote. Corda. Agulhas e linhas de costura. Caixas de frutas e legumes. Garrafas de vinho. Água. Depositei no pequeno barco. Tomei um mapa e a bússola do capitão. Voltei à cozinha. Fiz o que precisava fazer. Entrei no barco. Desci as cordas. Toquei a água.

Não conseguia chorar. E remei, então, contando os minutos para o capitão ler o que escrevi com o sangue do infeliz sobre a mesa do café.

"E na minha história, quem acreditaria?"

IX.

Nessa inédita absolvição

Já era noite quando meus dedos finalmente pisaram a areia. Algumas horas se passaram desde o instante em que percebi a terra firme e precisei de cada uma delas. Primeiro pensei ter morrido, enquanto erguia sem vontade as pálpebras pesadas e descolava as frestas secas dos meus olhos fundos. Porventura a morte pudesse ser o aportar em um continente virgem, afinal. E o lado de lá seria o desbravar e possuir de chãos gratuitos. O estar no controle por toda a eternidade. Uma boa eternidade, da qual imagino poucos reclamariam. Olhando em retrospectiva, mesmo antes, o lado de cá sempre me fora mesmo como uma morte lenta à deriva. Portanto, fazia razoável sentido que aquilo fosse, enfim, a morte. E assim sendo, eu poderia apenas permanecer ali, nessa inédita absolvição de toda a cansativa luta pela sobrevivência. Decerto eu demoraria a saber bem o que fazer com isso, mas a mortessência já me seria um direito adquirido do qual eu poderia me lambuzar, uma vez que não deveria haver morte após a morte, nem para pobres diabos como eu. Resignei-me a apenas inspirar e expirar meus ventos breves, enquanto o astro descrevia sua parábola sobre meus ossos. Em algum momento a morte tornou-se uma dúvida, então. Haveria sol do outro lado? E ele se poria todos os dias como agora fazia? O que se deu com os anjos, que ainda não haviam dado as caras (uma pergunta motivada, obviamente, por uma lucidez deficiente, uma vez que os anjos sempre foram brancos, e estariam, portanto, pouco preocupados em saudar minha chegada)? E, mais importante, por que ainda não acabara toda a minha fome, sede, fraqueza, dor e aquela tristeza assombrosa?

    Comecei, não sem certo descontentamento, a desconsiderar a morte. Não estava ainda disposto, porém, a abraçar a diametralmente oposta hipótese de ter, sem qualquer razão aparente, verdadeiramente sobrevivido tanto assim a todos os meus irmãos, e ser obrigado a manter-me, por sabe-se lá quanto tempo, digladiando o universo, confinado em minha própria casca. Passei, então, à alternativa do delírio. Aquela pretensa salvação poderia muito bem ser uma descarga de ilusões advindas de algum mecanismo mental bem-intencionado, a fim de me proteger de uma realidade aparentemente dura demais para minha compreensão mais cutânea processar. Quiçá fosse mesmo uma cautelosa aclimatação ao falecimento definitivo. Não obstante, havia lacunas a se preencher em tal hipótese. A principal delas era o quão desvantajosa permanecia a mim o cenário da minha própria ilusão. Compreendia até certo ponto que devaneios não cumprem exatamente todos os critérios mais racionais, mas, oras, se qualquer de seus caracteres fosse baseado na menor das minhas sinceras expectativas de fuga ideal da realidade, eu estaria àquele momento ao menos já deliciando um leitão e pingando leite morno da barba ao lado do Professor, cercado de mil irmãs e irmãos revolvendo as areias ao som de tambores quentes. Mas não. Meu quadro de cão desvalido era nada parecido com isso. Ou meu subconsciente me pregava a peça mais irresponsável ou o que acontecia era, e eu deveria apenas aceitar, enfim, a realidade. Ou a derradeira alternativa que eu adiava considerar, minha alma fora mesmo condenada ao inferno. Pensei baixo sobre ela. Não haveria digressão. Comentá-la seria o risco de torná-la palpável.

    Em todo caso, restava uma única prova real. Fosse a morte sonhada, a ilusão insensata, a realidade nauseante ou o inferno cristão, a forma mais rápida de saber seria, em todo caso, levantando-me. Foi a conclusão a que cheguei, imóvel como há muitos dias. Os novos solavancos do barco encalhado tentavam me contar alguma história. Mais uma vez a luz esvaneceu e ainda cavava o fundo de tudo em mim em busca de algo que me catapultasse fora da embarcação. Dolorosamente lancei um braço e uma perna para fora e repousei minha pele engelhada na quina por algum tempo. Forcei o joelho de dentro a espetar o chão e impulsionei o pé que não sentia. Desconjuntei o nariz na grossa areia úmida. Emiti um som engolfado ou não, não saberia dizer ao certo. As brumas dançavam até meu peito, recusando-se a me afogar. Mastiguei o chão até ser capaz de engatinhar algum continente adentro, como a evolução ao vivo de um ser primitivo. Descansei o ombro na primeira palmeira. Olhei à frente e pude ver uma floresta que tornava-se cada vez mais densa a perder de vista. Escalei o caule áspero ao meu lado e já era noite quando meus dedos finalmente pisaram a areia.

    Meus pés demoraram a lembrar-se como andar e apenas serpenteei tropegamente por entre as árvores nas quais me apoiava, logo me confundindo entre cipós. Avistei um vibrante cacho de bananas verdes penduradas ao longe e não pude evitar um espasmo involuntário de correr, o que imediatamente me devolveu ao chão. Desafiei a gravidade e em pouco tempo lançava o corpo inteiro sobre as frutas. Mordi suas polpas fibrosas alucinadamente. Regurgitei alguma e senti um molar se desprender, o que não me impediu de continuar. Então deitei ali, entre as cascas revolvidas, de peito para o ar. Veio-me de repente a percepção de que era possível que eu houvera passado mais tempo deitado e descansando na última centena de dias do que em todo o restante da minha vida, o que era logicamente justificado pelas circunstâncias, mas não deixava de causar-me uma sensação condenável. Comecei a dedicar atenção ao novo mundo a minha volta, fosse ele real ou imaginário. Nunca antes havia estado entre árvores tão vívidas. Rapidamente seus estalos, silvos e sussurros puseram-se a colonizar meus ouvidos. E o cheiro acre, e molhado, e terroso. Arranhei minhas unhas moles na terra fria da noite. Talvez uma lágrima tenha se equilibrado em um lóbulo. Ou talvez fosse chuva. Uma e outra gota cutucaram minha barriga e meu pé. E, como se um leve choque me viajasse as artérias por um instante, lembrei que tinha um corpo inteiro vivo. Ele me levara até ali. Gotas suaves e elegantes encheram minha boca, vez após vez. Tive medo de engoli-las, como aprendera a ter no último capítulo da minha vida. Mas logo esqueci o medo. Todos eles.

    Esqueci o medo de estar vivo.

X.

Aquarela

Uma semana.

Faltava só uma semana para o aniversário dela, e eu me esforçava para me dividir entre estudar para a prova de Física de dois dias depois, fazer o trabalho de Geografia da segunda, encarnar o Indiana Jones e a Carta Misteriosa e, como não, calcular todas as versões que podiam dar incrivelmente certo e ridiculamente errado do meu presente para ela. Naquele preciso instante, por mais que eu tentasse, era só mesmo nisso que eu pensava enquanto a via andando na minha direção, com o sorriso suave de quem ensinou o ar a ser leve.

"*É agora?*", ela quis saber, olhando-me de cima.

"*Pode ser agora?*", perguntei, sem me levantar, tirando o fone de um ouvido só.

"*Pode, sim. E para de responder pergunta com pergunta. Isso é muito psicólogo ruim de filme ruim*", emendou, sem sentar-se.

"*Putz. Que bom que eu tenho você pra me dizer como eu sou chato*", e estendi minha mão para ela me ajudar a levantar do chão, sem qualquer necessidade real a não ser a do meu peito de acumular o máximo estoque possível do cheiro dela em algum lugar de mim.

"*Tá acabando a reunião agorinha. Vamo lá falar com ele.*"

"*Como você sabe que tá acabando?*", perguntei, em movimento.

"Eu tava com as meninas do lado da janela da sala dos professores, até o inspetor chato me perseguir de novo e tirar a gente de lá. E os professores falam alto pra caramba."

"Mentira! Alguma fofoca incrível?!"

"Hmm. Deixa eu ver..."

"Se tem que se esforçar pra lembrar, já não é incrível, né."

"Bem... não tem mais copo descartável na sala deles. Todo mundo vai ter que trazer garrafinha de água de casa."

"Uau. A bomba do ano."

"Não... tem pior..."

"Pior, tipo melhor ou pior, tipo pior, mesmo?"

"Pior tipo sexta nenhum professor precisa usar uniforme, nem jaleco, nem nada"

"Nossa. Tem razão. Todos os professores sexta-feira usando nada. Aí eu vi assunto."

"Maluco!", e chegamos à porta da sala dos professores, enquanto ela ria gostoso. Enquanto eu pensava de novo, aliás, que só faltava uma semana.

"Tudo bem por aí?", perguntou o inspetor, brotando das sombras.

"Meu Deus! Que susto, cara!", confessei, sem querer.

"Susto? Por quê? Tá escondendo alguma coisa?", perguntou, em uma aparente hipervalorização das diligências do seu ofício.

"Não, né. Você que se esconde por aí, gente. E esconde coisas, às vezes, também, né", ela disse, pouco disposta a perdoar o que chamava de perseguição.

"Tá. Certo. Essa é a sala dos professores", avisou, quase saindo.

"Aham. A gente sabe", tentei.

"E vocês não são professores", ele concluiu, com pouco nexo.

"Nem você, né", ela concluiu, com todo o nexo.

"Hmpf", foi a sua mistura de pigarro e suspiro. *"Até amanhã"*, disseram suas costas.

"Aff. Eu tento. Mas ele é chato demais", o vento arranhava sua garganta.

"Ah, sei lá", deixei escapar, recostando-me na parede fria.

"*Como assim? Você não acha ele chato? Porque ele não é tanto com você, né*", e parecia mais irritada com a própria irritação do que com qualquer outra coisa.

"*Ah, não, ele é meio chato, sim*", valorizei o verbo. "*É só que ele trabalha aqui há o quê, trinta anos? E metade dos alunos na escola é sempre chata, né*", era o que eu pensava.

"*Metade das pessoas do mundo*", ela olhava para mais longe, como costumava fazer.

"*Pois é. Talvez ele não fosse chato no começo. Acho que às vezes a gente acaba virando o que fazem da gente*", e a frase me pareceu algo que eu não tinha inventado.

"*Hmm. Tá. Talvez. Você é muito bonzinho*", dizia ela, boa o suficiente para não se achar boa demais. Balançava a cabeça olhando para baixo, como se chovesse no próprio corpo com seus fios iluminados. "*Professor!*", ela disse, para o terceiro deles que cruzava a porta.

"*Oi...*", respondeu a voz simpática, por entre seus *dreadlocks*.

"*A gente tem uma pergunta muito importante pra fazer. Ele tem, na verdade*", ela completou, esclarecendo-me com os olhos de que já tinha feito uma parte grande da tarefa até aquele ponto.

"*Ah, que da hora! Pergunta de História totalmente voluntária depois da aula? Não dá pra ficar melhor que isso!*", e caminhava lentamente para a saída do saguão principal da escola.

"*Tá... bem... eu falo, professor*", emendei, enquanto andávamos juntos para o estacionamento.

"*Da hora. Vamo andando devagar?*"

"*Tá. É o seguinte. A gente tava na praia semana passada.*"

"*Da hora. Praia, mano. Tem que mexer esse corpo, mesmo. Não pode exercitar só a cabeça.*"

"*Aham. É. Tá. Bem, a gente tava lá, e eu tava tentando aprender a surfar.*"

"*Da hora demais! Surf é bem da hora pra aprender a desenvolver o equilíbrio, né. E equilíbrio é tudo na vida.*"

"*É, sim. Então. Eu tava lá tentando aprender, e uma hora eu levei um super caldo de uma onda sinistra*", e imediatamente o ar explode por entre os lábios apertados dela.

"*Ah, não ri do cara... muito da hora isso! Cair é sempre uma das fases mais importantes do processo de aprendizagem de qualquer coisa, mano!*"

"*Então ali foi um doutorado, viu, professor!*", ela ria com a voz e os olhos, e eu ria com ela, livre como podia ser.

"*Tá, tudo bem, eu admito, a queda foi feia.*"

"*E muito engraçada!*", e só a mais nova de uma centena de piadas internas que colecionávamos.

"*Mas eu engolir dois litros de água acabou sendo importante, professor, porque lá embaixo eu achei uma coisa.*"

"*Você achou. Eu sei. O sentido da vida. Viu a morte de perto e entendeu o que realmente importa. Uau, cara*", e ele parecia de repente levar tudo isso a sério demais.

"*Sério?*", ela interrompe, como quem ouve outra vez as promessas enlatadas de algum marketing multinível.

"*Ah, já rolou comigo. Algumas vezes. A última foi quando eu fiquei desacordado. Nossa. A gente volta e revê tudo.*"

"*Caramba, professor. Eu não sabia. Foi um acidente?*", e ela se preocupava de verdade.

"*Endoscopia. Saí de lá e fui direto dar um abraço na minha vó*", e eu sabia que precisava correr com a próxima frase para evitar uma risada incontrolável dela.

"*Na verdade, professor, eu achei isso aqui no mar*", e já desenrolava o pacote de tecido que acabava de tirar da mochila, enquanto ela aperfeiçoava o método de encarar os pés para não rir.

"*Que... da... hora... manos... do... céu...*", e acolhia o vidro turvo nas mãos, vivendo em câmera lenta, enquanto encostava um ombro no carro.

"*A gente só tirou a tampa. E olhou rapidinho. E não entendeu nada*", ela voltava.

"*É isso, mesmo? Serião? Uma mensagem na garrafa? De verdade?*", voltando vinte anos em um segundo.

"*Maluco, né. Eu sei*", e era gostosa a sensação.

"*Onde... onde... onde foi isso? Onde vocês tavam? Como assim?*"

"*Grumari[14]. Tentando aprender a surfar*", ela respondeu.

---

[14] Praia localizada na Zona Oeste do Rio de Janeiro, propício para *surf* e *bodyboard*.

"*Sei... tem umas ondas grandes lá, às vezes, mesmo*", disse o homem, fazendo-me levantar as sobrancelhas para ela, que balançava a cabeça para mim, nada impressionada.

"*E isso quer dizer o quê, professor?*", tentei.

"*Que faz algum sentido que a força da água ali traga alguma coisa do mar aberto*", diz, levantando a garrafa e girando-a entre seus olhos e o sol, como um churrasqueiro competente.

"*O senhor não quer ler o que tá aí dentro?*", ela ofereceu.

"*E eu posso?*", perguntou, tão vulnerável.

Estendi a toalha sobre o capô, dividi nossas luvas e máscaras e posicionei a garrafa de pé, olhando para nós. Levantei as duas mãos em direção a ela, encarando o sujeito de olhos agradecidos. Ele segurou a base da garrafa com uma das mãos e retirou docilmente o papel com a outra. Ouvi sua respiração apenas depois de descansar o rolo sobre a toalha.

"*Pois é, professor. A gente abriu e não entendeu uma palavra*", ela rompeu o silêncio.

"*A gente entendeu uma, na verdade*", lembrei.

"*É. Uma. Macaco. Com ká. Só.*"

"*Aham. Só*", concordei, enquanto ele abria as voltas sem pressa. Deitou uma mão em cada ponta do papel e congelou por alguns minutos. Só seus olhos se mexiam. Olhei para ela, por trás dos *dreads* dele, e ela só deu de ombros.

"*Não dá pra dizer como isso tudo aqui é da hora. Muito da hora. Muito da hora*", disse, voltando à realidade. Engraçado era vê-la levantar os olhos e balançar a cabeça a cada vez que ele repetia seu apelido.

"*Mas o senhor entendeu alguma coisa?*", claro que ela queria logo saber. Sem enrolação.

"*Não. Nada. Quer dizer, eu vi mesmo makako. Só que isso é assunto linguístico, né. Eu não manjo. Eu tava tentando entender mais a constituição histórica disso aqui. O papel. A garrafa. A tinta. Enfim*", e ele parecia bem mais animado do que enquanto explicava a Contrarreforma.

"*Mas o senhor pode ajudar a gente de algum jeito?*", tentei.

"*Ah, claro, mano! Nunca que eu ia deixar um negócio tão da hora desse aqui pra lá!*", respondeu, dando-me aquelas cotoveladas de quem divide um segredo.

"*O senhor vai ajudar a gente, então! Que da hora!*", ela continuou, rindo de si mesma.

"*Vou, e a gente vai fazer o seguinte. A UFRJ tem um Programa de Pós-Graduação em Linguística bem da hora. Eu conheço uma professora de lá. Ela com certeza vai poder ajudar mais do que eu nisso aqui. E aí?*", perguntou, entusiasmado.

"*Ah, pode ser... parece ótimo, professor. Mas seria, tipo, quando?*", quis saber, pensando em quais desculpas eu precisaria inventar para minha mãe para conseguir sair no meio da cidade para um passeio na cidade universitária.

"*Da hora. Vou falar com ela. Hoje mesmo. E marcar. E amanhã eu respondo pra vocês. Posso só tirar uma foto?*", e olhava para nós dois.

"*Claro...*", disse a ele, enquanto segurava as pontas da carta aberta que modelava em seu capô.

"*Amanhã, então, professor. Marcado*", ela respondeu, visitando o relógio prateado.

"*Então é isso! Nossa. Eu nunca queria guardar esse negócio. Queria dormir abraçado com isso aqui. Que da hora. Que da hora*", ele dizia, como se despedindo.

"*Desculpa, professor. Eu meio que preciso agora...*", interrompi a relação, levantando a garrafa.

"*Ah, sim, é, claro, claro...*", sofreu, enrolando a carta de volta.

Logo vimos seu carro partir com uma lanterna queimada e as costas das mãos balançando para nós pela janela. Se não havíamos encontrado exatamente a solução, havia ficado suficientemente claro para nós dois que apostávamos na energia certa.

"*Sua mãe já tá chegando?*", e eu só queria saber quanto tempo a gente ainda tinha, fora do telefone.

"*Na verdade, não. Minha irmã tem médico hoje, e eu vou sozinha para casa.*"

"*Como assim, sozinha?*"

"*Sozinha andando, ué. Você sabe que não é longe. E não é nem uma da tarde. Tá claro e cheio de carro. Ela não gosta muito que eu vá, mas às vezes não tem jeito*", e ela não olhava bem para mim. Claro que eu pensei nele, ali. Se ele não era uma opção para ela não ir para casa sozinha. Mas eu não ia fazer essa pergunta. Não essa.

"*Eu posso ir com você.*"

"*Ir comigo?*", olhou para mim.

"É."

"Pra casa?"

"Isso."

"Hmm. Você tá perguntando ou dizendo?"

"Muda muita coisa?"

"Um pouco, sim", ela quase ria.

"Tá. Bem", costurei a coragem e a vontade, segurando as alças da mochila. "Perguntar seria educado, né. Não sei se você quer companhia. Talvez você queira ir andando sozinha. É uma escolha. Mas eu também não tô dizendo que eu vou com você e pronto. Eu tô dizendo que eu posso ir com você. Porque eu posso. E eu quero. Então é isso. Eu tô dizendo. Com jeitinho", e quis me esconder nos cacos remendados do meu casco.

"Você gosta mesmo de tudo bem explicadinho, né", ela já andava. Ensaiei três vezes por segundo um passo para frente, sem sair do lugar. E ela virou para trás, levantou os ombros e deixou cair a cabeça para um lado, sorrindo pequena, abraçada ao fichário.

Vinte e um minutos, o relógio me disse, depois que seus olhos se esconderam por trás da porta. Andamos na rua, juntos, só nós dois, por vinte e um minutos. Em algum sentido atômico, porque não era uma contagem que parecia conectada com a realidade da experiência recente. Nunca parecia. Sempre soava como muito mais. E rápido demais.

Começamos procurando razões para o volume do barulho dos escapamentos ser sempre inversamente proporcional ao tamanho das motos.

E nos fez pensar se iríamos tirar habilitação para moto ou só para carro dali a não muito tempo.

E nos fez lembrar de como eram embaraçosas minhas habilidades ciclísticas.

E me fez contar da única bicicleta que tive, e cresci, e doei, e minha mãe tinha medo de tudo que envolvia a mim, a rua e duas rodas ou mais.

E lhe fez falar de quando foi no circo a primeira vez e a única lembrança que ela tinha era de um palhaço sobre uma roda só levando outro palhaço no ombro e do seu pai na saída perguntando o que ela mais tinha gostado e imitando o número e correndo com ela no pescoço até o carro.

E me fez acreditar que não fazia sentido imaginar que eu encontraria qualquer outra pessoa com quem conversar assim nesse planeta ou em outro.

x

Voltei andando para casa, tentando processar os últimos minutos. Todos os assuntos que ela acabara de entrelaçar tropeçavam eufóricos na minha cabeça. E, por mais divertidas que fossem as loucuras que ela dizia e por mais curiosas que fossem suas mil perguntas, eu tinha certeza que algumas palavras suas ficaram perdidas pelo meu caminho. Eu simplesmente não conseguia impedir a minha alma de desbravar o universo com ela apenas vivendo tão viva logo ali, ao meu lado.

Minha atenção não sobrevivia às vezes em que meus dedos tocavam levemente suas costas para atravessarmos uma rua. Ou aos prismas dos seus olhos sob o sol cortante. Ou ao movimento dos seus lábios ao redor das sílabas. Ou à dança das pintinhas ao redor dos lábios. Ou ao som de uma risada que eu sabia que, naquela hora, só eu no mundo havia escutado. Ou ao cheiro que grudava na minha mão depois de me despedir da sua. Minha atenção não tinha culpa de se perder em uma floresta tão densa de magia e beleza.

Quando a chuva começou, eu já estava só em meu próprio caminho. Homens e mulheres imploravam marquises em todas as direções, com seus dentes cerrados e olhos apertados. Eu só continuei. Talvez um pouco mais devagar. Conferi o zíper da mochila, e a garrafa estava bem tampada. Eu não tinha pressa. Se me perguntassem, era a chuva certa, na hora certa. Era poesia para alguém que sentia o que eu sentia, naquele preciso recorte de tempo e espaço. Era cinema. Era música. Era aquarela. Era a prosa de um autor subestimado.

Foi o que vi na poça entre meus pés na esquina de um sinal vermelho. Meus lábios apertando sorrisos sob o boné gotejante.

Conhecemo-nos no início da adolescência, e o tempo e a vida escreviam esses capítulos cada vez mais repletos de sentido. Fazíamos sentido. Éramos tudo o que fazia sentido. Só o que fazia sentido. Ano após ano.

Havia ele, é verdade. Às vezes havia um ele. E isso confundia e dificultava tudo. E eu descontava nas poças que encharcavam meus tênis.

Mas talvez a culpa fosse minha. Muito mais minha do que de qualquer um. Eu nunca falei nada para ela. Falar com palavras de verdade, não com olhares apressados, toques sutis ou personagens dos textos da aula de redação. Falar. Com palavras. Só para ela. De verdade.

Eu precisava falar. Não dava mais.

Sentei-me no chão, na frente de casa, encostado no muro. Fiquei ali um tempo olhando a chuva. A rua deserta. As janelas fechadas. O barulho da água. O lençol transparente flutuando sobre o asfalto. Queria mesmo era deitar-me ali. Olhar o céu como quem estuda o futuro. Sentir o mundo desabar em gotas sobre mim. Lavar minha alma de qualquer fraqueza. Beber coragem. E levantar um novo homem, como o herói do filme depois da surra.

Não foi assim que aconteceu, é verdade. Mas deixei a mochila no muro. Tirei o boné. Andei de volta até a chuva. Senti molhar o cabelo. E conversei com Deus, como há um tempo não fazia. Como se um único fio de água nos ligasse essa terra e esse céu. Eu e o Deus das tempestades. Eu sabia que meu assunto talvez não parecesse assim tão grande para Ele, perto de tantos que naquela mesma hora certamente aterrissavam sobre Sua mesa e deixei isso claro. Mas lembrei-Lhe que minha avó me ensinara a orar pelas provas de escola desde o primeiro ano. Testes da alfabetização jamais disputariam importância com nenhuma crise humanitária, mas a minha avó, com todo o respeito à sabedoria do Senhor, também sabia muito das coisas. E, se a oração de uma única criança no mundo sobre o que ela vai escrever em um pedaço de papel pelos próximos trinta minutos do resto da sua vida merece alguma atenção no curso da eternidade, talvez minha angústia também merecesse um memorando em Sua prancheta. Ele conhece o tamanho do coração da gente, dizia minha avó. Podia ser que Ele entendesse assim, afinal, minha dor. Que cada um dói de um jeito. E eu doía.

Conversamos por um tempo, ali, então. Não como um menino e um gigante, mas como amigos sem camisa em um jogo arruinado pela chuva. Não foi assim que eu planejei essa conversa, mas foi como aconteceu. Falei para Ele sobre a primeira vez que a tinha visto, e como as asas das borboletas estacionaram no ar. Falei de quando ela primeiro encarou meus olhos e conversou comigo, e como tudo em mim adormeceu. Falei de como dividimos mesas da biblioteca da escola no silêncio confortável de quem não sente que precisa entreter a companhia. Falei das tantas vezes que nos sentamos juntos no intervalo, depois de nos sentarmos juntos na sala, antes de nos sentarmos juntos de novo. Falei de dividir os fones de ouvido e dela deitar o rosto na mesa para ouvir com os olhos fechados, como um quadro irretocável em uma galeria reservada para mim. Falei do filme que todo mundo assistiu junto, e ela se deitou ao meu lado, o corpo inteiro tocando o meu corpo, enquanto a minha alma o deixava. Falei do meu caderno que ela quis levar, e me devolveu tão dela, com músicas, e poemas, e frases, e desenhos, e as suas vogais redondinhas por todos os lados do meu universo. Falei das horas no telefone depois das aulas e de como simplesmente não nos cansávamos de ser o que a gente era. Falei sobre os comentários de todo mundo, as brincadeiras, as indiretas. E falei sobre mim. Sobre a minha insegurança. Sobre existir um ele. Sobre eu não ter certeza. Sobre eu ter medo. De perder tudo aquilo. De não ter mais ela. De não ter nós dois.

E pedi Sua ajuda. Por favor. Por favor.

Para tudo que eu queria fazer. Para o presente que eu queria dar. E para o futuro.

Terminei em voz alta, na vontade inédita de ouvir a mim mesmo.

Foi a primeira vez que disse, do lado de fora do peito, que a amava.

XI.
O dia em que ele não falou meu nome

Temia apenas uma tempestade em alto mar. Dela eu provavelmente não escaparia naquele pequeno velho barco. O resto eu imaginava conseguir, de algum jeito, contornar. Em parte, pelo que tinha em mãos ao meu dispor. Em parte, pelo que eu aprendera a ser. A vida me tirara o direito de ser filha. De ser mãe. E agora eu era uma sobrevivente. Era o que eu era.

Desfiz os caixotes de frutas e legumes, arranquei suas ripas e martelei uma cobertura sobre um canto do barco. Estava protegida do sol e de pequenas chuvas, ali, sob os panos com os quais me cobria à noite. Tratei de logo encontrar o exato ponto do mapa que o capitão havia marcado mais recentemente. Procurei a ilha mais próxima. Li o ponto cardeal no canto do mapa. Abri a bússola. Virei o barco. E remei.

Remava sem pressa, é verdade. Não faria sentido esgotar minhas energias assim. Decidi manter-me firme e constante. Pensava que remar daquele jeito seria como a dança nos braços de um casal. Como a melodia de ninar na voz de uma mãe. Como a conversa de dois amigos numa longa estrada. Coisas que nunca tivera.

Mantinha a bússola sempre exatamente à minha frente. Não apressava as remadas, mas tampouco queria levar qualquer delas na direção errada.

Ambas as opções seriam um desperdício precioso. E tive muito tempo para pensar. O que não era muito bom, para ser sincera. O primeiro capítulo da minha vida não havia sido tão bom, o segundo havia sido horrível, o terceiro havia sido muito ruim. E eu ainda não saberia descrever exatamente o capítulo atual, mas já não era exatamente um descanso confortável. Não havia doçura sobre a qual repousar meu pensamento. E tudo que eu fazia era pensar.

A certa altura me lembrei do padre. Um homem bom. Não que ele tenha feito tudo que poderia por mim, afinal, ele sumiu depois que fiz a ele minha confissão mais desesperada. Não devia ser esse o comportamento padrão dos padres. Se bem que, na minha experiência até ali, seu Patrão não parecia agir de forma tão diferente. Mas, se ele não me salvou antes, salvou-me, contudo. Eu estaria morta se não fosse por ele, reconheci. Decapitada, como Anna Göldi e tantas outras. Uma bruxa. Dificilmente haveria morte mais irônica para alguém como eu. Eu, que não me importava com Deus, muito menos com o diabo. Uma bruxa.

Conversamos um pouco no longo caminho apressado até o porto de Marselha[15], eu e o padre. Lembro-me de pão e bolo de mel, que demorei a decidir comer. Lembro-me de rezas meio cantadas em latim. Dele jogando pão a um cachorro magro na estrada. De parar rapidamente para lavar o rosto em um pequeno lago. De me ensinar a guiar a carroça, para não pararmos à noite. De me apresentar a Serafim e Querubim, os cavalos. E de seus olhos verdes. De me ensinar que verde é a cor da esperança. E de me fazer poucas perguntas.

"*Ele tinha um nome?*", foi a primeira que ele fez.

"*Quem, padre?*", e eu realmente não entendi.

"*O menino. Seu filho. Você deu a ele um nome?*", e falava com a calma de quem igualmente reconhece e ignora a gravidade do assunto.

"*Eu... não... não. Não dei*", e não queria falar. Ou pensar.

"*Desculpa, filha. Eu não posso imaginar sua dor. Mas é importante. Eu acho. Dar-lhe um nome. Um nome a lembrar. Pelo qual rezar. A memória viva de um vivo.*"

Ele falava, eu ouvia as palavras e lembraria delas depois, mas elas não faziam sentido naquela hora. Falar no menino era como banhar-me em ondas

---

[15] O chamado Porto Velho de Marselha permanece em funcionamento desde algo em volta do século 6 a.C. até os dias atuais.

caóticas de lâminas e berros. Era impossível para mim. E o padre pareceu entender. Não falou mais nisso. Nele. Nele.

Perguntei-lhe sobre cavalos, porém. Ele sabia menos do que eu gostaria. Ele perguntou-me sobre Deus. Eu tinha menos a dizer do que ele esperava. Então ele passou a contar-me histórias. Adão. Eva. Noé. Babel. Abraão. Ló. Isaque. Jacó. José. Moisés. Sansão. Davi. Maria. José. Jesus. Pedro. Paulo. João. Lembrei-me de todas elas. Eram boas histórias, afinal. E ele era um bom contador. Mas perguntei-lhe sobre as mulheres. Eram poucas nas suas histórias. Ele me falou de Sara. Raquel. Mas o interrompi. Não me interessavam as esposas. Falou-me de Débora. Jael. Rute. Noemi. Ester. Dorcas. Lídia. Safira. Boas histórias. Foi um bom professor. Gostei de Jael.

"*Como é o Céu, padre?*", foi a última pergunta que lhe fiz.

"*É uma ótima pergunta, filha. Talvez a mais difícil. Muita, muita gente já tentou responder isso, em doutrinas ou em poesia, como o grande Dante*", disse, parecendo orgulhoso. "*Mas eu posso saber por que você quer saber?*", e parecia sentir algo mais em mim.

"*Eu só quero saber*", fugi.

"*Pode falar, filha. Por favor. Somos só nós e o Céu, aqui. E os cavalos. Pode confiar neles*", o padre parecia já ter ouvido perguntas iradas vezes o suficiente para reconhecer seu cheiro de longe. Olhei para ele como uma ilusionista fracassada.

"*Eles iam na igreja toda semana. A moça e o homem. Eles falavam de ir pro Céu. Que gente igual eles iam pro Céu. E eu não sei se eu quero ir*", foi o que cuspi.

"*Sei. Sei. Entendo, filha*", e as palavras tentavam me abraçar no frio da noite e da vida. "*Bem, eu tenho uma opinião um pouco diferente de alguns irmãos meus sobre isso. Sobre muita coisa, eu acho*", como em um arrependimento de habitar a própria pele. "*Apocalipse é o último livro da Bíblia. Um livro cheio de símbolos. Foi escrito por um homem preso pra gente que fugia de ser presa. Por isso foi escrito em símbolos que só eles entendiam*", tentava claramente me explicar do jeito mais simples que conseguia. "*E algumas pessoas leem o que ele fala do Céu como se fosse uma descrição real. Mas, outra vez, são símbolos. Eu não acho que vai ter rio de cristal, rua de ouro ou nada daquilo.*"

"*E vai ter o quê, então?*", incomodava-me.

"*Pois é. Esse é o ponto. Eu sei que não vai ser daquele jeito. Mas também não sei como vai ser. Ninguém sabe. Por isso a sua pergunta é a mais difícil.*"

"Mas o senhor já leu a Bíblia um monte de vezes. O senhor sabe um monte de coisas de Deus", insisti, pouco paciente.

"Já, já li um pouco, sim. Mas eu não acho que a Bíblia tem muito a ver com saber. Eu gosto de pensar nela como uma carta na garrafa que Deus jogou no Universo. Uma carta de amor. Então não é tanto de saber. É mais de sentir", ele explicava, calmamente empolgado. "E é como contar estrelas. Contamos todo dia e não chegamos ao fim. Desculpa", e foi como terminou. E ele tentou começar a falar algo sobre a Divina Comédia, mas parou quando percebeu que eu não estava realmente ouvindo. Engoli o silêncio que se seguiu com alguma dificuldade. "Olha, eu posso dizer como eu queria que fosse. E que eu também não acho impossível de ser. Sem presunção", completou, virando os olhos como se pedisse perdão aos Céus.

"Me fala...", pedi, genuinamente curiosa.

"Tudo bem", continuou, à meia voz, escondendo-se de Deus. "Eu acho que acordamos. Só acordamos. Como se toda essa vida aqui tivesse sido um pequeno fragmento tão frágil e fora do nosso controle como um sonho. E abrimos os olhos em um lugar realmente bonito. Como um novo sonho que não sabíamos que podíamos sonhar", disse, como se não estivesse mais ali. "E então vamos ser quem queríamos ser. Ou quem não sabíamos que podíamos ser. E estaremos com quem sempre quisemos estar. Ou com quem não sabíamos que podíamos estar", e sua voz nunca me parecera tão segura. "Viveremos eternamente nosso dia mais perfeito. Um eterno tempo presente. Com a nossa grande família. Todos partes de um grande todo", e tudo me soava cada vez mais pessoal. "Se o Céu é a presença completa de Deus, Deus é amor. Seremos quem amamos ser, em um lugar que nunca deixaremos de amar, com gente que nunca deixou de nos amar. Como Cristo, por exemplo. Como Deus, por exemplo."

Um bom professor. Lembrei-me das histórias do padre enquanto remava meu barco. Talvez tenha misturado algumas delas. Tentar organizá--las dobrava o tempo de lembrá-las, o que era particularmente vantajoso na minha situação. As histórias me foram alguma companhia nos dias tão iguais.

Marquei disciplinadamente os dias no casco interno do barco. Um. Dois. Três. Dez. Vinte. Trinta. Imaginava que não seria difícil alguém perder a sanidade assim. Por um segundo cheguei a sentir saudade da *Gazette*, o que logo abandonei, desconfiada de mim mesma. Tentei cantar. Nunca havia tentado. Nunca tivera a chance. Fazia sentido que tentasse ali. Ainda que não houvesse qualquer professor, também não havia um único crítico. O problema era que eu não conhecia canções, e isso dificultava sobremaneira o exercício de cantá-las. Resolvi inventá-las, portanto.

"*Cavalinho, cavalinho,*
corre solto por aí,
aproveita a liberdade,
nunca deixes te prender.
A não ser que seja eu
E só queira dar carinho,
Nesse dia, cavalinho,
Deixa eu abraçar você."

Foi o melhor que consegui fazer. Pensei em cantá-la bem alto, no meio do oceano. Mas, por algum motivo, ela me parecia uma canção a ser sussurrada. Sussurrei, então. Algumas vezes. Muitas vezes. Se soou bonita ou não, eu tinha apenas a minha própria opinião. E estava em um dia generoso. Gostei de descobrir que gostava de cantar na mesmíssima proporção em que odiei que alguém no mundo só descubra isso sozinha aos quinze anos.

Uma manhã acabaram-se as histórias e as canções. Todos os pensamentos me esgotaram. E, pela primeira vez nos quarenta e poucos dias de solidão, desesperei-me. Descobri que estaria agora, inevitavelmente, sozinha no barco com ele. Meu filho. Esperava chegar à ilha antes disso. Não consegui. Desisti de remar compassadamente. Pus-me a golpear a água com violência, movendo o barco com todo meu corpo. Olhei a bússola. Estava na direção certa. Fechei os olhos. Travei os dentes. Meus braços já descreviam o arco automaticamente. Eu era só músculos agora. Não era olhos. Não era ouvidos. Não era passado. Meus remos eram asas e eu partia de mim mesma. Mas ele chegou.

Eu vi sua testa manchada. Seus cabelos melados. Sua língua trêmula. Seus dedos enrugados. Ouvi seu primeiro grito me chamando. Sua boca me sugando a sobrevivência. Senti seu peso sobre mim. Seu cheiro em meu queixo. Seu calor.

Vi as roupas que costurei. O cantinho que preparei. Os desenhos invisíveis que fiz dele com os dedos no chão.

Vi o dia em que ele não falou meu nome. A noite em que ele não teve febre. O passo que ele não deu.

Vi o joelho que ele não ralou. O sorriso que ele não deu. O dente que não nasceu. O dente que não caiu.

Vi o leite que não derrubou. O prato que não quebrou. A chuva que não tomou. O banho que não lhe dei.

Vi a mulher que ele não escolheu. Vi o neto que não me deu. Vi o ofício que ele não teve.

Vi o cavalo que ele não montou. A barba que ele não teve. O homem que não se tornou. O funeral que ele não me deu. E me deu.

Foi quando as gotas salvaram minhas lágrimas. Abri os olhos. Tudo estava escuro. Já não enxergava muito a uma curta distância. Parecia mesmo uma boa hora para morrer por fora.

Dei-me por vencida, não sem ódio. O Deus das tempestades esperara que eu tivesse chegado até ali, e ficasse sozinha com a alma viva do meu filho morto, para então me afogar. Que Noé e o padre fiquem com seu Deus.

Joguei-me no chão do barco, os braços duros de câimbras. Olhei para cima, para as nuvens cada vez mais sombrias. Morreria olhando para Ele. Que Ele testemunhasse os olhos aflitos do meu último pico de vida. O último capítulo de Sua obra friamente planejada.

Não. Não era assim que eu iria. Não se isso significasse que Ele venceria. Ele não merecia isso. A chuva engrossava. Respirei fundo. Muitas vezes. Senti os braços amolecerem. Aliviei o corpo. E um fio de calor lentamente subiu as artérias quando pensei que dali a uma hora seguraria de novo meu filho nos braços.

"Cavalinho, cavalinho,
corre solto por aí,
aproveita a liberdade,
nunca deixes te prender.
A não ser que seja eu
E só queira dar carinho,
Nesse dia, cavalinho..."
Batemos na terra.
Levantei-me, assustada.
Batemos na terra.
Uma ilha.

Batemos na terra.
Não sabia o que dizer ao Deus das tempestades.
Disse nada.

XII.

Um tipo de mosquito

Anos antes, o Professor havia me ensinado a apenas comer, em uma mata, frutas desconhecidas que tivessem mordidas de animais. Os verdadeiros nativos sabiam das coisas e nunca apostariam em nada que lhes envenenasse. Felizmente, houve muitas frutas mordidas no caminho do coração daquela ilha. Por eles e, naturalmente, por mim. Houve cocos e a água que arranquei deles não sem dificuldade. Houve pequenos lagos de água gelada e doce onde mergulhei sem pressa. Em cada um deles. Houve a sombra molhada e aconchegante da floresta. E os raios de sol entrecortados pelas folhas rabiscando no ar. Cores que eu não sabia o nome. Os cheiros. Os sons. Os sabores. As texturas. Era a coisa mais linda que eu já havia visto na vida. Meus olhos envergavam ao peso de tanta beleza.

Anos antes, o Professor havia me ensinado a sempre encontrar um jeito de marcar meu caminho pela floresta para evitar me perder. Eu andava devagar, portanto, fazendo entalhes claros ao redor de caules grossos com o punhal a cada conjunto de passos. Conversava com elas enquanto fazia isso. Explicava resumidamente minha situação e meus motivos. Pedia sua permissão e sua desculpa. Vez por outra cantava para elas, na saudade dos tambores. Voltara a ter vontade de conversar com o mundo desde que pisara ali. Riscar os troncos era um movimento repetitivo que levava alguns minutos todas as vezes, mas andar em círculos por dias seria um movimento repetitivo que levaria bem mais tempo. Quando encontrasse um lugar seguro, deveria voltar e recuperar o barco e o resto das coisas, que ainda poderiam me ser muito úteis.

    Anos antes, o Professor havia me ensinado a procurar para dormir, na floresta, a árvore mais frondosa em cuja copa eu melhor me encaixasse. Foi o que eu fiz. Precisei parar para dormir, a certa altura, afinal. Escalei seu tronco, posicionei-me entre os galhos robustos e me encolhi. Sabia que seria difícil realmente conciliar o sono ali. Obviamente, já havia servido de alimento para mosquitos antes, mas não como aqueles. Os mosquitos daquele lugar pareciam cachorros com asas. E raiva. As formigas pareciam touros com ferrões. E fome. Tentei enrolar minhas pernas e braços com os panos que trouxera para me proteger do calor do dia e do frio da noite, mas os animais pareciam genuinamente empolgados com a mudança de cardápio que eu aparentemente lhes significava. Pensei comigo, porém, que não podia reclamar. Eu estava vivo.

    Anos antes, o Professor havia me ensinado a tentar olhar sempre o lado bom de todas as coisas que acontecem ou não acontecem na vida. Não que isso significasse o elogio da maldade de homens cruéis ou a mera submissão ao funcionamento frio de um mundo injusto, mas antes a rebeldia definitiva de não desistir da vida. E era o que eu fazia. Pensei que mosquitos deveriam ter uma razão misteriosa de existir e uma função oculta no funcionamento do planeta, que eu realmente não sabia qual era e perguntaria ao Professor, se pudesse. Para existir, enfim, eles precisavam se alimentar. As formigas, sim, me lembrava, cavavam a terra e tornavam o solo mais propício ao crescimento das plantas. Em todo caso, eu era o intruso. Talvez eu também ferrasse intrusos no meu quintal, se pudesse. Pensei no meu quintal. Eu poderia ter um quintal, agora. A ilha toda poderia ser meu quintal. Eu sobreviveria àquela noite, comeria mais frutas mordidas, entalharia mais caules grossos, mergulharia em mais lagos gelados, beberia mais cocos duros, encontraria um bom lugar e saberia precisamente qual era quando o visse, voltaria para pegar o barco e as coisas, construiria minha casa de madeira e folhas trançadas e possuiria um chão só meu. E ferraria intrusos no meu quintal.

    Anos antes, o Professor havia me ensinado que, em um lugar novo e talvez arriscado, o melhor a fazer era procurar um ponto alto para montar acampamento. Ali talvez outros me vissem, mas eu também os veria chegar e teria uma visão periférica privilegiada do terreno ao redor. Era o que eu procurava, então. Um monte. Um morro. Uma montanha. Uma colina. Uma casa. Um lar. Eu sabia que aconteceria no dia seguinte. Eu esperava que acontecesse no dia seguinte. Cada passo para mais longe da costa tornava mais difícil meu retorno para recuperar o barco. Por outro lado, ter uma casa não deveria ser simples para ninguém. Era simples para muitos brancos que conheci, mas não deveria ser. Era a Terra, afinal. Fincar os fundamentos de uma casa sobre qualquer chão era como perfurar as costas da Mãe Terra. Ocorreu-me então que talvez eu fosse também um tipo de mosquito. Talvez fôssemos todos. E talvez a Terra igualmente ignorasse a razão da nossa implicante existência. Pensava nisso ali, enrolado em meus trapos, quando senti a cobra deslizar pela minha perna.

Anos antes, o Professor havia me ensinado que, ao perceber uma cobra rastejando sobre qualquer parte do meu corpo, o ideal seria não fazer qualquer movimento, ou ela se sentiria ameaçada e então, sem culpa, me atacaria. Naturalmente, é apenas o comportamento ideal, porque dificilmente se exigiria de qualquer pessoa que de fato permanecesse absolutamente inabalável diante da presença de um animal potencialmente mortífero passeando por sobre sua pele. Preferi nem mesmo abrir os olhos. A noite sem lua tampouco me permitiria discerni-la com clareza, mesmo que eu tentasse. E não precisava vê-la para saber o que era aquilo. Sentia suas escamas lisas sobre minha pele arrepiada nos rasgos dos meus panos. Ela não tinha pressa, o que tornava tudo pior. Não tinha como saber seu tamanho. Percebia, contudo, àquela altura, que ela se estendia ao menos da metade da minha coxa até o tornozelo. Talvez mais do que isso. Tentei respirar fundo e compassadamente, inflando mais o peito do que a barriga. Pensei que seria uma ótima hora para os mosquitos e as formigas retribuírem o sangue que de mim tomaram atacando nosso atual inimigo comum. Não sabia, entretanto, se cobras podem ser ferradas por formigas ou se apenas as comem. Se sua pele não seria resistente aos ferrões. Se seu sangue não seria venenoso aos insetos. Havia coisas demais que eu não sabia. Perguntaria ao Professor, se ele estivesse ali. Mas ele estava morto. Por minha causa. E talvez eu logo pudesse fazê-lo todas as perguntas. Aos poucos, a maldita cobra pareceu se aninhar sobre a minha cintura. Desgraçada. E se ela não saísse dali, Professor? Por um bom tempo chorei parado como uma santa milagrosa, até que ouvi algo rasgando entre as folhas.

Anos antes, o Professor havia me ensinado algo sobre o ciclo alimentar da natureza. Homens como eu são devorados por mosquitos, que são devorados por sapos, que são devorados por lagartos, que são devorados por cobras. Eu não me lembrava do Professor falar sobre algo que devorava cobras. Não que ele não soubesse. Eu apenas certamente não me lembrava. Mas aprendi ali, naquela noite. Ou quase. O som como de um vento agudo entre as folhas aumentou rapidamente e perdi o ar com um baque poderoso na cintura. Meus olhos se abriram num espasmo e vi o que parecia a silhueta de uma coruja ou alguma outra grande ave noturna batendo suas longas asas eufóricas sobre minhas pernas. Por não mais que um ou dois segundos, o vulto da cobra se enrolou no ar e foi levado para longe. Tudo em mim latejava violentamente. Era como ser chicoteado a noite toda em um tronco mais uma vez. Minha cintura pulsava ainda mais do que o resto do corpo. Passei a mão e senti o sangue.

Anos antes, o Professor havia me ensinado a apertar firmemente um ferimento que sangra e lavá-lo com água limpa. Pressionei minha cintura por todo o restante daquela noite insone. Desci com muita dificuldade até a superfície, sob os primeiros raios de sol que levaram duas eternidades para chegar. Olhei bem para o ferimento. Não parecia qualquer marca de presas de cobra. Talvez fosse o bico pontiagudo da ave ou as garras de suas patas. Mas era um talho consideravelmente profundo, de qualquer modo. Apoiei-me nas árvores e caminhei ainda mais devagar do que no dia anterior, forçando apenas um pé e tropeçando em galhos pelo chão. Comi qualquer fruta vermelha sem vontade. Precisava lembrar de entalhar as árvores, o que fiz, esquecendo-me vez por outra. Ao sol a pino encontrei a primeira fonte de água. O ferimento ardeu nos primeiros segundos, mas senti o alívio espalhar-se a partir da minha cintura. Boiei por um tempo, descansando a única perna que me levara até ali. Bebi da água gelada. Mas precisava continuar. Tirei a camisa e apertei ao redor de toda a cintura, segurando outro pano enrolado em cima do buraco que sangrava. Andei. Pulei. Tropecei. Entalhei. E em algum ponto conclui sem revolta que morreria, enfim, naquela noite. Não seria capaz de escalar qualquer árvore naquela situação. Cairia pelo chão. Talvez antes mesmo da escuridão. Sentia algo como uma febre, mas não saberia dizer ao certo. Talvez a febre fosse uma alucinação causada pela febre. Talvez eu já estivesse alucinando ao pensar assim. E talvez o morro que vi fosse também uma ilusão. Apertei os olhos apontados para o horizonte. Parecia um morro. Se fosse real. Meu chão. Minha casa. Meu lar. Eu só precisava chegar até lá. E fui. Decidi conscientemente ignorar meu ferimento e passei a andar rápido com as duas pernas. Cada passo alternado me vibrava os ossos doloridos do tornozelo aos dentes. Mas andei. Gemi. E andei. Chorei. E andei. Pedi a Deus. E andei. E comecei a subir a base do morro. Dava dois passos e escorregava um. Andava com as mãos e os pés. E via o sol lentamente esconder seu sorriso sarcástico por trás do morro. Foi quando avistei a casa, a fumaça e a fogueira.

Anos antes, o Professor havia me ensinado que, ao estar sozinho em situações de perigo, deve-se engolir o orgulho e pedir ajuda a quem quer que seja. Se a ajuda mais próxima for também ela uma ameaça, ao menos morre-se um coração humilde. Comecei a gritar. Como um louco. Como um louco acometido de um delírio. Punha os dedos na terra e berrava ensandecido. Caí, porém, e fui incapaz de me segurar. Rolei o caminho inteiro de volta ao pé do morro. Não conseguia mais me levantar, e sabia disso. Apenas gritava. E chorava. E gritava, aos riscos trêmulos do sol poente.

Ela se pôs entre o sol e os meus olhos. Colocou um dedo na frente dos meus lábios, pedindo-me silêncio. Como se precisasse. Não conseguiria dizer uma palavra mesmo se quisesse. A pele branca como a pedra mais rara do rio mais claro. Sorriu para mim. Era a coisa mais linda que eu já havia visto na vida. Meus olhos flutuaram ao peso de tanta beleza. Eu estava, enfim, decididamente, definitivamente, morto. Foi só o que pensei. Ao menos morria-se um coração encantado.

Era um delírio.

E, se não fosse, o Professor nunca havia me preparado para aquilo.

XIII.

Os pedaços que faltavam

Ela cheirava a café, corretivo e passado mal resolvido. Tínhamos aula com o Da Hora há anos suficientes para perceber que aquele não era mesmo o seu normal. Ele não havia falado "da hora" na frente dela uma única vez desde que chegamos. Era grave.

"*Então, bem interessante o documento, né?*", ele perguntou olhando para ela por trás da xícara, depois das apresentações e amenidades. Foco no "interessante".

"*Ah, é. Super. Fiquei besta quando eu soube da história. Como assim, meninos? Na praia? Sério?*", e eu não precisava olhar para saber que ela estava rindo ali do meu lado. Mas olhei mesmo assim.

"*Quer contar? A sua versão sempre vence*", ofereci, de dentro e de fora da piada. Ela só balançou o rabo de cavalo, esforçando-se para se comportar. "*Tá bom. A versão resumida é que a gente foi tentar aprender a surfar, eu caí da prancha mega horrível uma hora, lanchei água com areia lá embaixo e encontrei a garrafa. Meio que foi isso*", e voltei os olhos para ela, que dava de ombros sorrindo, como fazia, de dentro e de fora do sonho.

"*Nossa, meninos. A chance disso acontecer é bem rara. Vocês têm uma sorte incrível.*"

"É... mais ou menos. Se eu achasse uma coisa rara cada vez que eu levo caldo, eu abria um museu. Acho que é mais azar que sorte", respondi, esperando o sorriso dela.

"*Maluco*", foi o que acompanhou o empurrão de leve no meu braço. Eu não esperava por essa.

"*Eu vi a foto e tentei entender alguma coisa rapidinho, mas vocês podiam me mostrar ela, mesmo, por favor?*", disse a moça, visivelmente ansiosa, já calçando suas luvas. Abri o zíper, desenrolei o pano e o som grave do fundo da garrafa ecoou no pequeno escritório. Os olhos dela brilhavam por trás da máscara. Os dele, também, por motivos provavelmente diferentes.

"*E aí, moça? Dá pra saber alguma coisa que tá escrito aí?*", ela perguntou, sentada na ponta da cadeira ao meu lado, as mãos nos joelhos, os braços esticados e o queixo apontado para cima. A moça tirou os olhos da carta pela primeira vez nos últimos minutos e ajeitou os óculos.

"*Olha, traduzir eu não consigo. Mas desde ontem, quando eu vi a foto, eu tentei pelo menos entender que idioma é esse. E eu acho que eu posso ter descoberto.*" A gente se olhou feliz de verdade, eu e ela. O que não era tão raro de acontecer.

"*Nossa... que maravilha. Alguma coisa da África, imagino*", ele interrompeu, forçando uma inteligência pouco necessária. Foco no "maravilha".

"*Aham. Eu acho. Congo. Dialeto Quinguana.*"

"*Espera, doutora. Congo?*", perguntou a voz do meu lado.

"*Tudo indica que sim, mocinha*", e eu já entendia sua confusão.

"*Pera, moça. É que, assim, antes de abrir a garrafa, antes de decidir se eu ia abrir a garrafa, se a gente ia abrir, eu não sabia o que tava escrito, né, então eu só tinha a garrafa. Aí eu tentei entender um pouco essa garrafa aí. E eu procurei na internet umas coisas*", precisei dizer.

"*Duas mil coisas*", ela temperou, espontânea.

"*Ou mais. Mas eu acabei encontrando um negócio bem curioso, eu acho*", e já procurava no celular desde algumas frases atrás. Deitei o telefone na mesa com a foto para cima no meio de nós. "*É bastante parecida, eu acho*", e esperei um afago. A moça levantou o celular para perto dos seus óculos, o que o sujeito ao lado silenciosamente percebeu como uma boa chance para encostar-lhe os ombros.

"*Parece, sim, eu acho. Bem curioso, mesmo*", disse ele primeiro. Foco no "curioso".

"*Ah, é. É, sim. Mas vocês acham que isso quer dizer o quê?*"

"*É uma história bem maluca*", ela tentou me ajudar, ajustando as expectativas.

"*É tipo assim... essa garrafa aí da foto é famosa porque tem as iniciais de Thomas Jefferson. Ele era conhecido por curtir vinhos.*"

"*E mais duas mil coisas*", ela não podia perder.

"*Pode crer. Bem, o vinho dessa garrafa aí da foto é francês. E Thomas Jefferson morou na França. E eu vi que na época em que ele ainda tava vivo sumiu um navio lá no Caribe. Então a minha primeira teoria já meio velha e fracassada era que essa nossa garrafa podia ser um vinho francês sendo transportado pro presidente americano, que se perdeu quando o navio sumiu no Caribe.*"

"*E o Caribe tem setecentas ilhas*", ela completou, e o casal do outro lado da mesa parecia genuinamente impressionado.

"*Uau. Vocês dois pensaram nisso tudo?*", ela quis saber.

"*Não, não, quem pensou foi ele. Eu só sou tipo a vice-presidente do negócio. Não faço nada, mas tô aqui e minha foto também sai no jornal no final*", e era impossível não rir do jeito tão dela. E ela não fazia ideia do quanto fazia em mim.

"*Bem, uma das dificuldades de entender essa carta é que ela tem muita coisa que parece Quinguana, mas não só isso. Eu acho que eu encontrei alguma coisa aqui em Francês, Alemão e Italiano*", a doutora nos impressionava. "*Não dá pra entender muito bem. Mais trabalho do que vocês imaginavam, né?*", olhava para nós dois.

"*Eu tô pensando aqui*", ele entrou, encarando seus dedos cruzados sobre a mesa. "*Talvez a sua história não seja tão fracassada*", e eu ainda esperava que terminasse sendo um elogio. "*Essa garrafa do leilão é de quando, mesmo?*"

"*Mil setecentos e oitenta e sete*", respondi, de cabeça.

"*Certo*", ele emendou, esticando o erre, como se inventasse uma equação matemática e humana. "*Certeza que o vinho dessa garrafa gêmea aí era francês?*"

"*Tá nas informações oficiais do leilão, pra todo mundo ver. É bem segura a informação*", palavras da vice-presidente.

"*Tá*", e ele de repente levantou os olhos, satisfeito. "*Adivinha que país africano se tornou colônia francesa em mil oitocentos e oitenta e cinco?*", ele amarrava suas tranças atrás da cabeça e perguntava só para a moça ao seu lado.

"*Zaire*", ela costurou, esboçando um sorriso.

"*Também conhecido hoje como...*", ele pediu, como se a tirasse para dançar.

"*República Democrática do...*", ela nos estendeu o convite.

"*Congo*", só a mocinha ao meu lado respondeu. Eu estava animado demais para falar.

"*E, se o Congo se tornou colônia francesa em mil oitocentos e oitenta e cinco e a abolição da escravatura no Brasil só aconteceu oficialmente três anos depois...*", ele não queria mesmo continuar sozinho.

"*Essa garrafa pode ter vindo pra cá em um navio negreiro*", a doutora terminou, batendo levemente as juntas dos dedos na mesa. Eles já pareciam tão animados com tudo aquilo quanto nós dois.

"*Muito, muito interessante*", ele pensou alto. Foco no "interessante".

"*Mas por que a mensagem na garrafa?*", perguntou a menina.

"*Como assim?*", sua nova amiga quis saber.

"*Tá, a garrafa é mesmo francesa, e pode ter vinda do Congo pra cá, mas por que um escravo escreveria uma mensagem numa garrafa aqui? Pra tentar jogar no mar e ela cruzar o Atlântico de volta pra África?*", e certa falta de sentido fazia sentido.

"*Bem, acho que só a própria carta pode responder isso*", concluiu a doutora, enrolando de volta o papel. "*E eu tenho uma sugestão pra gente descobrir*".

x

Todos os "da hora" acumulados voltaram no carro do professor, no caminho de volta. Ele parecia exausto de ruminá-los. Conversamos sobre filmes da hora, séries da hora, livros da hora e bandas da hora, entre curvas e semáforos. Ela falou que a doutora era da hora. Claro que falou. Com todas as terceiras intenções. Ele deve ter percebido que havíamos percebido. Logo tratou de nos levar a qualquer assunto que envolvia *fast foods* e as batatas mais da hora. Desembarquei na frente da casa dela com qualquer desculpa que envolvia não dar mais trabalho, a distância entre as nossas casas e a hora segura do dia. Ele me olhou com um sorriso amigável, como se compartilhássemos um segundo silencioso de cumplicidade antiga. Precisava me despedir dela no portão, e esse preciso minuto a mais a sós já me seria coisas demais.

"*Eu tô adorando isso*", era a minha melhor tentativa de esticar os centésimos.

"*Esse negócio de detetive de História?*"

"*Essas horas. Todas. Fazendo tudo isso. Ou qualquer coisa*", e eu já esquentava por dentro por dizer mais do que jamais disse. Ela parecia calma. Talvez ela soubesse que eu precisava.

"*Amanhã tem prova de Física, né*", ela sorria, enquanto destrancava o portão.

"*É... tem. Infelizmente.*"

"*A gente podia estudar junto*", terminou, do lado de dentro, segurando o portão entreaberto. Eu me apoiava nas alças da mochila para não despencar no abismo aberto debaixo de mim.

"*Você vai terminar sabendo menos do que começou*", devolvi, entrando devagar.

"*Eu te ensino*", insistiu, trancando o cadeado e fazendo carinho no cachorro peludo. "*A colar*", terminou, quase séria.

Descansei a mochila na cadeira ao meu lado, na mesa da sala. Eu já tinha estado ali dentro antes, para um sábado de trabalho da escola, uma manhã na piscina, uma tarde no videogame e uma noite de filme. Mas nunca sozinho. Eu e ela.

"*Você não deve andar com a apostila de Física aí dentro o tempo todo, né?*", voltava da cozinha, com copos de água nas duas mãos.

"*Eu não queria andar com a apostila de Física tempo nenhum*", enquanto agradecia pela água que não tinha a menor vontade de tomar.

"*Eu sei que você quase não toma água. E tudo bem que não é exatamente uma Coca.*"

"*De vidro.*"

"*De vidro*", com mais is que todo o Estado do Mississipi. "*Mas você vai ficar com noventa anos daqui a nove anos se não começar a beber. Vai. Bebe*", mandou com jeitinho. "*Vamos lá no quarto pegar as coisas, então?*", e eu ressuscitei amigos imaginários para perguntar se eu havia mesmo ouvido "vamos". Devo ter travado em algum lugar entre o nervoso, o confuso, o sonhador, o cavalheiro e o indecente. Foi o suficiente para ela virar para trás dois passos depois.

"*Minha irmã tá lá*", disse baixinho, como uma frase que não deveria estar ali. Ou algo mais não devesse.

Ela beijou carinhosamente a testa da menina quando entrou. Sua irmã trocou poucas palavras, deitada na cama, de fones de ouvido, por detrás do notebook, apertando o cachorro que pulara em seu colo. E ela logo me passava a apostila, dois cadernos, lápis, caneta, borracha, corretivo, calculadora, régua, compasso e mais uma ou outra ferramenta provavelmente desnecessária. Eu não fazia questão de esconder meus olhos passeando pela atmosfera mágica que era o solo virgem do seu quarto. Estacionei nas fotos espalhadas sem padrão no quadro de cortiça na parede sobre a mesa. Não reconheci ninguém. Nem conseguiria, sem os pedaços que faltavam.

"*Você quer que eu explique?*", perguntou-me, e eu lembrei de ouvi-la repetir isso uma centena de vezes nas Feiras de Ciências que apresentamos juntos.

"*Deixa eu tentar*", era a nova brincadeira que subitamente me ocorrera. "*São... algum trabalho do seu pai do curso de fotografia.*"

"*Não... é... como... você sabia do meu pai?*", seus olhos me transpassavam.

"*Você me contou.*"

"*Sério?*"

"*Aham. No telefone. Faz tempo.*"

"*Hmm. Tá. Nossa. Eu falo demais. Coisas demais. Pra você. Com você*", voltando a si mesma.

"*Não. É bom. Eu gosto*", e talvez estar tão perto do lado de dentro dela me deixava mais perto do lado de dentro de mim.

"*Eu fiz um trato com a minha mãe. Antes de fazer doze anos. Eu não queria presente. De aniversário, Natal, Dia das Crianças. Nada. Eu só queria o melhor celular que ela pudesse me dar. A cada dois anos. Que era o tempo da parcela acabar e passar o arrependimento de ela ter concordado comigo.*"

"*Você vai ser presidente do mundo, sabia? Certeza. Com essa lábia toda.*"

"*Ah, nem é assim. Eu só tinha um plano. Uma vontade, eu acho. Eu queria sempre ter uma câmera boa na mão pra tirar foto qualquer hora que eu quisesse. Eu amava as fotos que o meu pai tirava. Especialmente as que ele achava ruins. E jogava fora. Eu pegava. E guardava. Eu tenho até hoje*", e parte dela parecia não estar ali comigo.

"*Entendi*", disse, tentando ser o mais reverente possível à imagem do seu pai que parecia vazar por debaixo dos tapetes.

"*Entendeu, o quê? As fotos?*"

"*Não... quer dizer, não sei. Eu quis dizer que entendi seu plano com a sua mãe. Foi esperto, eu acho. A câmera parece mesmo boa*", havia descansado os materiais da revisão de Física na escrivaninha e estudava o quadro de braços cruzados, como um calouro de teatro interpretando um especialista.

"*Tá. E das fotos. O que você acha?*", é claro que ela quis saber. E alguma sílaba antes da interrogação pareceu um teste.

Não era uma resposta simples. A definição das fotos era boa, até onde eu sabia. As cores eram vivas. O foco não era acidental. Mas todas eram imprevisíveis. Um sujeito numa moto parado em um semáforo levando um pinscher com a cabeça de fora na sua mochila, tirada em um ângulo diagonal. Uma moça em um parque recebendo o filho no fim do escorregador, a cabeça dela completamente fora do enquadramento. Uma jovem atleta suada, agachada, descansando após uma corrida exaustiva, cortada exatamente pela metade. E testas apertadas em vidros de carros molhados de chuva, e nucas tatuadas sobre colarinhos bem engomados, e dedos entrelaçados sobre mesas de restaurantes. De lado, de cima para baixo ou na fresta entre duas cadeiras. Olhei para as fotos e para ela, uma e outra vez. Ela ainda esperava, apertando os lábios e levantando as sobrancelhas.

"*Tá. Eu vou tentar*", e a prova de Física subitamente pareceu fácil. Soltei os braços, levei as mãos aos bolsos e respirei fundo. "*Você não gosta muito de fotos planejadas. De poses. Porque são sempre artificiais, de algum jeito. E, se a foto é uma forma de guardar um instante da vida de alguém, você quer guardar de verdade um pedaço de verdade daquela vida de verdade*", olhei para ela, e ainda não parecer decepcionada era incentivo suficiente para eu continuar. "*Eu acho que você não pede para tirar essas fotos. São só pequenos encontros naturais seus com essas pessoas. Meio que como é a vida*", e ela descansava as costas na parede, como se me desse espaço para crescer. "*E você sempre escolhe ângulos diferentes, pra lembrar que cada pessoa é diferente. Cada experiência da gente é sempre diferente. Única*", e tentei gentilmente entonar um fim. Ela apenas olhou profundo para mim por um par de segundos, parada como estava. E sorriu delicada.

"*Não... não é pra lembrar que cada pessoa é diferente*", descolou da parede e olhou o quadro de volta, tocando meu ombro com o seu. "*É pra lembrar que a vida não é perfeita. Não é uma coleção de sorrisos prontos em ângulos retos um do lado do outro, como um álbum. A vida é complicada, esquisita, torta e de cabeça para baixo", e fazia um tempo que eu não a via falar assim. "Mas o complicado pode ser bonito. Se não fosse, nada seria." E silenciamos por meia dezena de fôlegos.

"*Eu gostei. Mesmo. É incrível. E muito você*", e era a minha verdade, mais do que qualquer tentativa de encontrar o caminho intrincado do seu coração.

"*Obrigada*", quase sussurrou, virando levemente o rosto para mim. "*Você tinha razão em todo o resto. Você entendeu. Mais do que ninguém. Me entendeu. De novo*", e, por mais que eu pensasse em um beijo, talvez eu quisesse mesmo abraçá-la naquela hora.

O professor corrigiu as provas na mesma hora, no dia seguinte. Tirei quatro. Ela, quatro e meio.

A melhor recuperação da minha vida.

E eu só pensava nos cinco dias que me separavam do seu aniversário.

XIV.

A fronteira do abismo

Dormi sob o barco virado na areia, após as horas mais assustadoras da tempestade. Por menos ideal que parecesse, senti que poderia morar ali, sem grandes problemas. Sairia pela manhã, aprenderia a pescar, adentraria a mata o suficiente para banhar-me e recolher água na fonte doce mais próxima que encontrasse, voltaria com qualquer punhado de frutas, viveria mais um novo dia de praticamente nada, rolaria para baixo do barco mais uma noite e recomeçaria. Não foi tão simples.

O poderoso sol a pino me obrigou a esconder-me sob o barco à luz do meio do dia. E não suportei mais do que alguns poucos minutos. Um calor que vinha da madeira de cima, da areia de baixo e, às vezes, aparentemente debaixo da pele. Arrastei a embarcação até a sombra do início da mata, em que a areia se misturava ao solo fértil. Formigas e insetos me atormentavam à noite como se possuídos por maus espíritos. Uma dezena de dias e eu ainda não descobrira o idioma dos peixes. Eu, que antes me considerara uma sobrevivente, agora me sentia espancada pelo nada esmagador de uma esquecida engrenagem ancestral. E era embaraçoso sentir-me oprimida por tanta beleza.

Tudo ali me parecia igualmente lindo e ameaçador. Montanhas, lagos, castelos ou cachoeiras, eu já havia visto algo do que se costuma considerar beleza natural nos primeiros quinze anos da minha vida. Mas aquilo era diferente. Um único grande organismo vivo boiando no oceano de um cristalino infinito, as costas esvoaçando densos pelos de infinitos verdes que hospedavam outros infinitos pequenos universos vivos. Pouca coisa que eu fizesse ali me pareceria menos do que um tipo de blasfêmia. Mas eu queria viver. Ainda que morresse para isso.

    Tinha, porém, um plano que preferia desconsiderar a imediata possibilidade da morte. Adentrei alerta a mata na manhã seguinte, estudando qual seria a árvore mais alta a um raio de médio alcance da minha casa atual. Ao longo de algumas horas considerei retornar ao último grande caule com o qual cruzara, suspender a busca e ali performar minha experiência. Então, deparei-me com esse espécime de difícil descrição. Suspirei cansada diante dele, por algum tempo. A própria mata ao redor evitava se aproximar, talvez pela circunferência impossível dos expansivos galhos de sua copa, talvez por um sentimento de reverência ao solo sagrado do santuário natural que lhe era devido. Lembrei-me dos livros infantis que a esposa me emprestara para aprender a ler, e as ilustrações de florestas fantásticas povoadas de árvores dentro das quais habitavam famílias inteiras de corujas em pijamas felizes. Logo afastei o pensamento, guardando, contudo, a certeza geométrica de que bem poderia eu morar confortável e segura do lado de dentro daquela casca. Com meu filho.

    Rompi a borda do sonho e olhei ao redor. Não seria possível escalar aquela árvore pelo seu próprio tronco, vertical e liso como era. Olhei para cima. O topo de diversas árvores em volta conversava com os primeiros galhos da rainha à minha frente, em diferentes alturas. Circundei seu caule e encontrei a vizinha que parecia haver sido plantada para mim especialmente para essa ocasião, em sua altura e infinidade de galhos firmes retorcidos em todas as direções. Comecei a subir, cautelosamente. Sabia que uma queda de qualquer altura poderia significar o pior, completamente sozinha como eu estava. Girei o corpo entre os galhos mais seguros até, enfim, me perceber de frente ao braço daquela que eu realmente buscava.

    Passar de uma árvore à outra se mostrou uma tarefa mais delicada do que eu imaginava. Os galhos tendiam a afinar-se nas pontas, o que tornava o passeio entre eles potencialmente arriscado. Precisei subir até um e outro galho acima. E a minha árvore não tinha mais para onde crescer. Tal último galho tocava a árvore principal, mas o perigo era óbvio em usá-lo como uma ponte acidental. Sentei-me. Fazer grandes digressões da minha vida ali significaria assumir o medo debilitante diante de um desafio que merecia na verdade uma dose complementar de coragem. Pedir proteção ao

Deus do padre pareceria, ao menos a mim mesma, um tipo de cinismo que eu dispensava carregar comigo a um fim estatisticamente possível. Apenas me levantei, por fim. Dei todos os passos cautelosos que podia para trás, até minhas costas sentirem o limite. Forcei meu peso para baixo, testando o galho, que me garantia sua firmeza. Dobrei levemente os joelhos e fechei os olhos, preparando o impulso. Pensei em cavalos e suas crinas ao correr no vento dos campos claros da verdadeira casa da minha mãe. Abri os olhos e corri como eles. Gritei sem perceber. Saltei com a energia das minhas pernas trêmulas. Bati o queixo e os peitos no galho da outra árvore, que não esboçou qualquer reação. Deslizei para o lado e envolvi a madeira com as minhas pernas e braços. Estava pendurada de cabeça para baixo, como as roupas que estendia no varal. Meus pés se cruzavam como um nó, e meus dedos apertavam uns aos outros como cabelos embaraçados. Estiquei as pernas até encostar a barriga no galho, e não sem dificuldade contornei a gravidade. Arrastei-me sentada até a minha testa tocar o tronco principal. Suspirei aliviada. Meu queixo sangrava. Meus seios arroxeavam. Meus braços e pernas latejavam paralelos os riscos vermelho-vivo dos arranhões. Puxei a mochila de pano improvisada para beber um gole de água e logo senti o fundo gotejante. Chupei o tecido úmido e joguei longe os cacos da garrafa falecida. A bússola tinha uma pequena rachadura no vidro, mas ainda parecia funcionar o suficiente. Voltei a ficar de pé e olhei para cima. Ainda me faltava alguma jornada. Tentava me convencer de que o pior já passara.

Ao enfim estender a cintura acima do escalpo da minha árvore, percebi que uma profusão de pescoços mais altos pululava sobre o gigantesco tapete verde da ilha a perder de vista. Ainda mais lindo. Ainda mais ameaçador. Ao fundo, porém, avistei-a. A montanha. Eu não sabia da sua existência, mas alimentava nela uma fé difícil de explicar. Como a saudade de algo que ainda não se teve. Talvez ela tenha me visto nessa exata hora, também. Tomei a bússola da bolsa, apontei-a para o pico e marquei o ponto exato da ponta da agulha com a ponta da lâmina do padre. Meus ombros relaxaram, por algum motivo. Fazia pouco sentido que descansassem, posto que agora, somado ao exercício de logo descer de onde eu estava e voltar ao barco, somava-se essa iminente longa viagem insólita através da mata até a montanha. Mas meu corpo consolou-se sem me consultar. Talvez ele tivesse razão. Era mesmo uma boa notícia.

Ainda era escuro e eu já estava pronta, de costas para o mar. Eu chegara ainda claro no dia anterior, encharcada do banho de lago. Pus as roupas para secar sobre o casco e me deitei sobre os outros panos, do lado de dentro da embarcação virada. Dormi imediatamente um sono ansioso. Enfim, decidi vestir de novo a roupa úmida, enrolar minhas pernas e braços lanhados com todo o tecido de que dispunha, rearranjei a bolsa nas costas e mastiguei outra vez as mesmas frutas de todos os dias passados, olhando para o mar. Eu ainda não havia aprendido perfeitamente a ler os céus, mesmo após os dias e noites à deriva, mas sabia que ele certamente não demoraria a apontar. Nascia no oceano, a partir daquele ponto da ilha. Boiando no mar aberto, porém, a única forma possível do sol nascer é no oceano e, bem ou mal, era um quadro que já não me inspirava devoção. Senti os novos tons do espaço, de repente. Virei-me de costas para ele e, na explosão do laranja na amplidão, explodi também minhas pernas.

Sabia que não aguentaria correr assim tanto tempo, é verdade. Mas foi o que fiz, até o lago. Mergulhei apressadamente, bebi, enchi as garrafas, devolvi-as à bolsa e voltei a correr. Pontas de galhos compridos ricocheteavam minhas costelas e meus pés sangravam como sempre, mas eu me esforçava para fingir para mim mesma que minha atenção plena enraizava a montanha. Diminuía os passos para comer e beber em doses pequenas, e sem entrementes tomava velocidade outra vez. Sabia bem o caminho até a árvore do dia anterior, e posicionei a bússola no risco da lâmina assim que a encontrei. Tudo seria ainda mais novo para mim dali em diante. Mergulhei em um lago inédito. Terminei as frutas. Cortei a testa ao tropeçar em uma raiz. Terminei uma garrafa. Caí chorando de exaustão. Cruzei a metade da outra garrafa. Meus olhos trincados revisitavam a bússola trincada irritantemente. Em certa altura tive certeza de que estava longe demais para conseguir voltar ao barco antes de anoitecer. Chegaria à montanha ou precisaria dormir na floresta. E o medo baforava minha nuca mais alto do que minha respiração desgastada. Então o bosque se abriu.

Subir aquela montanha provavelmente seria difícil para qualquer um, em qualquer situação. Longe de ser alta como o Matterhorn ou o Jungfrau[16], mas a vegetação abundante igualmente servia de apoio e solo escorregadio. E eu estava longe de ser qualquer um, depois das últimas oito horas. Eu estava longe de ser uma. Longe de ser meia. Via o sol começar a descrever os arcos de sua curva final no horizonte e agarrava as plantas rasteiras com as mãos como uma criança assustada na crina de um enorme cavalo. As palmas das

---

[16] Matterhorn é uma montanha localizada na fronteira da Suíça e da Itália, alcançando quatro mil quatrocentos e setenta e oito metros de altura. Jungfrau é uma montanha localizada na Suíça, na região dos Alpes Berneses, e estende-se até uma altura de quatro mil cento e cinquenta e oito metros.

minhas mãos logo acumulavam espinhos e meus joelhos estavam em carne viva. Minha visão embaçava de cansaço. Mas eu subia como se trilhasse de novo a estrada lamacenta em direção ao último endereço do meu bebê. E quase não percebi quando cheguei ao fim.

    Caí sentada. Arrastei as costas do antebraço pelo emaranhado de cabelos na testa. Minha língua colava no céu da boca e eu não tinha forças para beber. Meus braços pendiam como fios de pano de chão. Devo ter morrido ali algumas vezes. O sol parecia acelerar seu descanso e eu não podia descansar. Ressuscitei. Troquei as pernas por poucos metros e decidi onde ficaria. Teria sido poético desenhar mentalmente uma futura casa naquele chão, mas não me cabia poesia então. Achei um galho caído. Limpei o pedaço de chão onde caberia meu corpo encolhido. Contei meia dúzia de passos para longe. Descrevi um círculo completo no chão ao redor da minha cama. Descansei o galho perto do centro. Recolhi as folhas e os gravetos mais secos que encontrei. Espalhei-as na linha do grande círculo. Repeti o movimento um sem-número de vezes. O sol despencava. Eu não conseguia apressar nada. Parei um instante. Não era o suficiente para uma fogueira que durasse a noite toda. Mas eu não tinha mais nada para dar. Caminhei até a bolsa que descansava no centro do círculo. Tomei a garrafa grande que trazia desde o navio, com alguma bebida alcoólica forte o suficiente para me fazer preferir a morte a tomá-la. Derramei pequenos fios pelo círculo, andando lentamente. Pensei que as páginas da *Gazzette* serviriam muito bem à minha fogueira. Empurrei o pensamento com meus braços de fiapo. Terminei a volta e percebi que ainda restava mais da metade da garrafa. Eu poderia dar mais um giro e alimentar melhor o combustível da fogueira. Mas ela queimaria ainda mais rápido, pensei. Ou apenas não quisesse dar mais um passo sequer na vida. Deixei a garrafa no chão. Achei duas pedras. Sentei-me. Comecei a batê-las, pateticamente. Precisaria de mais força, mas eu era um buraco sem fundo. Bati. Bati. Bati. Ri ridiculamente. Bati de novo. E ouvi um galho quebrar atrás de mim.

    Virei sem vontade e vi seus olhos claros acesos na penumbra do limite das horas. Um animal. Um felino. Adulto. Uma fera. Parada, na divisa interna do rascunho da fogueira. Não sei bem o que eu pensei. Muitas coisas, na verdade. Uma descarga instantânea de imagens mentais em fuga. Tampouco sei bem o que eu senti. Muitas coisas, na verdade. Um estampido seco de pólvora no peito. Mas um sentimento sobrou, como o pescoço de uma árvore presunçosa sobre a floresta. Ódio. Já havia odiado antes, por uma série de motivos relevantes. Mas um raio de ira estremeceu-me as artérias. Ó, Deus dos Céus. Vá para o inferno.

    Agarrei a garrafa ao meu lado. Levantei-me do chão. Tomei um gole impensado. Derramei o resto na cabeça num batismo profano. Apoiei-me de volta sobre pedaços de um joelho. E preparei-me para golpear a pedra com o fundo da garrafa. Fazia tudo lentamente, mantendo os meus olhos nos dela. Ela se mantinha estática. Estudava-me, era o que parecia. Eu não tinha o que estudar dela. Ali ela era para mim o mistério absoluto da existência e seu fim. Tudo que eu podia fazer era morder a última fatia possível de sobrevivência. Quebrar a garrafa, correr até o centro, chegar antes dela, abrir a bolsa, pegar a faca e lutar. Com a certeza de que eu não teria força para quebrar a garrafa, velocidade para chegar antes dela, tempo de abrir a bolsa e chance alguma de vencer a luta. Apostava, então, que o cheiro da bebida que me ensopava nausearia seu olfato apurado. Eu ainda me convencia de que eu era uma sobrevivente. Se isso não fosse, nada mais me restava ser.

    Ergui o braço e sem ensaio desci-o covardemente contra a pedra. Quebrei a garrafa, para a minha própria surpresa. Voltei os olhos velozmente para a fera, que sadicamente não fez qualquer movimento. Barulhos bem mais altos deveriam povoar seus dias. E assustá-la bem mais. Seus olhos eram diferentes. Coloquei-me de pé. Agora pensava que talvez devesse apenas andar até o centro ao invés de correr. Era o que eu faria. Olhei para baixo por um segundo, por alguma razão que me escapava. Vi no reflexo de um caco os cacos do meu próprio corpo magro marcado pelo velho vestido encharcado. Ao menos haveria pouca carne para ela. Em último caso, seria minha vingança mais irônica. Foi quando percebi o corte na minha mão.

    A garrafa quebrada, certamente. Meu corpo inteiro estava tão inflamado de tensão que não sentiu o talho. Meus dedos pingavam sem pudor. O álcool agora escorria pelo rasgo e ardia como o diabo. Olhei de volta para ela. Ela ainda estava lá, no mesmo lugar. Agora, porém, seu semblante havia mudado. Ou era o que me parecia. Talvez felinos não expressem sentimentos em nuances tão sutis. Mas ocorreu-me a sensação de que sua expressão ora fria e impassível agora me demonstrava algum tipo primal de compaixão. Ou ela talvez tivesse me olhado assim desde o início. Ela tinha pena de mim. Ou agora eu apenas via a pena dos meus próprios olhos refletida nos dela. Eu não queria pena. E, independentemente do que ela faria, restava-me apenas uma opção, agora. Rasguei com a ponta aguda da garrafa a borda do vestido. E ela ainda estava lá. Enrolei as voltas do pano na minha mão. E ela permanecia lá. Sentei-me de frente para ela. E ela ainda não se movera. Encarei seus olhos uma última vez. Ela me olhou de volta. Virei as costas para ela. Tomei as pedras. E voltei a batê-las uma contra a outra, de olhos fechados. Esperava o impacto brutal dilacerar meus ombros a qualquer momento. E batia as pedras. E cantei.

"Cavalinho, cavalinho,
corre solto por aí,
aproveita a liberdade,
nunca deixes te prender..."

A brasa acendeu. Abri os olhos sem querer e uma língua de fogo riscou o solo para os dois lados, iluminando o longo círculo. Levantei-me e virei outra vez. Ela não estava mais lá. Talvez o fogo a tenha assustado. Talvez tenha vindo me ajudar. Talvez dar boas-vindas. Talvez me matar. Talvez compaixão.

Não sabia o que dizer ao Deus dos Céus.

Disse nada.

x

Nunca voltei para buscar o barco. Seria bom, mas parecia um exercício absurdo demais. Usei os troncos de quatro árvores como fundamento. E pedras. E lama. E galhos. E caules caídos. E folhas trançadas. E panos. Por um mês. E dois. E dez.

Aprendi o melhor caminho para descer e subir o morro até o lago. E a ler o céu. E o canto de diferentes pássaros. E a montar armadilhas para capturá-los. E a viver sozinha. E a gostar. E a não gostar.

Havia acabado de assar um pequeno pássaro e apaguei o fogo. A fumaça subiu abundante, como sempre. Então ouvi os gritos. Congelei por um instante. Esperei ouvi-los de novo. Eram reais. Deveriam ser. Corri até a fronteira do abismo. Vi seu corpo gritante desabar parede abaixo. Imediatamente considerei tomar a melhor clareira até ele, mas desviei para casa primeiro. Em uma mão, a água. Na outra, a faca. Talvez não precisasse de nenhuma das duas depois daquela queda.

A alguma distância vi que ele respirava, de lado, as costas viradas para mim. Gritava. Sua pele brilhava um marrom que eu jamais vira antes. Com uma mão, deitei seu ombro. Com a outra, segurava o cabo nas minhas costas.

Ele abriu os olhos feridos e me viu. Coloquei um dedo sobre os meus lábios para que ele não gritasse. Emudeceu. Ficamos assim.

Soltei a faca.

Entendi a fera.

XV.

Um afago

"Isso. Agora a farinha."
"Quanto?"
"Mais."
"Mais?"
"Mais."
"Tá bom?"
"Só mais um pouquinho. Pronto. Tá bom."
"Agora mexa. Sem pressa. Até desgrudar da panela", e eu olhava para a panela e para ele, inseguro de onde primeiro me viria a resposta.

Logo comíamos o peixe frito e o fufu[17]. Nada parecido com o dele. Devolvi o primeiro pedaço de dentro da boca para a palma da mão, apertando meu rosto inteiro ao redor dos meus olhos. Seus olhos verdes viram.

"Não, não, não, não, não. Não faça isso, filho. Não faça isso", e ele já descansava o prato no chão ao seu lado, para algo mais importante. Ou para livrar o paladar da crueldade. *"Você vai crescer. E vai ter uma criança, um dia. E queiram os deuses, ela também vai crescer ao teu lado. Um dia qualquer ela vai puxar a barra da tua calça e te entregar um bolo sem forma de lama seca*

---

[17] Comida típica do Oeste e Centro da África. No Brasil, os nativos do Congo adaptaram a receita usando farinha de mandioca para a massa.

e gravetos. Ela vai dizer que fez pra você. E o que você vai fazer?", o Professor perguntou, sério e acolhedor. O silêncio que se seguiu me mostrava que era mesmo uma pergunta.

"*Eu... eu vou pegar.*"

"*Vai?*"

"*Vou.*"

"*E o que mais?*"

"*Ah, eu... vou dizer obrigado.*"

"*Bom. Obrigado. Só?*"

"*Só.*"

"*Tem certeza?*"

"*Eu... é... tenho. Acho que sim.*"

"*Bem. Você podia dizer mais alguma coisa. Podia...*"

"*Já sei! Já sei. Eu vou dizer que tá lindo. Claro. Que lindo! É isso, né. Acertei?*"

"*Não tem certo. Mas tem errado*", e o sorriso amarelado do Professor iluminava seu rosto negro como vagalumes à noite. "*Você vai pegar o presente. Sorrir. Agradecer. Elogiar. Porque é como tem que ser. É o que se faz quando alguém dá uma coisa pra gente com amor*", e talvez eu já começasse a entender aonde ele estava indo.

"*Tá. Tá bom. Eu acho que eu entendi*", eu disse, chateado comigo mesmo.

"*Foi o primeiro prato que você fez, filho. Foi como um bolo de lama de uma criança. Até o gosto é parecido*", e eu ri mais do que ele. Ele então tocou minha mão com a sua. Senti o peso arranhado de calos sobre calos sobre calos. "*A gente precisa dar coisas pra gente mesmo todo dia, filho. E a gente precisa aprender a aceitar o que a gente dá pra gente mesmo com amor. E agradecer. E dizer que tá lindo. Porque tá. Sempre tá*", e voltou a mastigar sorrindo qualquer coisa que fosse aquilo.

Já terminava meu prato quando fomos completamente rodeados por uma infinidade impossível de vagalumes. Eu estava absolutamente encantado, mas o Professor apenas os observava calmamente quase deitado no chão, apoiado sobre os cotovelos. Tentei levantar-me para dançar entre essas pequenas estrelas, mas não consegui. Minhas pernas não respondiam. Olhei para baixo e não as enxerguei. Tentei pedir socorro ao Professor, mas a minha voz não saía da garganta. Meu peito enrolava para dentro de si mesmo como o rastro de uma cobra escondendo-se na areia. Tudo escureceu.

Despertei apavorado e estava em movimento. Senti a corda áspera cruzar minhas costas, subir por baixo dos meus braços e voltar para algum lugar atrás de mim. Minha velha bolsa dançava de um lado para o outro a cada passo, tentando se equilibrar sobre a minha barriga. As pernas quicavam no chão e nós em finas folhas verdes mantinham minhas coxas unidas. Outras folhas enormes se estendiam por baixo de todo meu corpo, até depois do meu calcanhar. Tentei jogar a cabeça para trás e enxergar quem me levava. Vi as longas tranças ruivas no topo de seu corpo magro de um branco leitoso iluminado pela lua cheia. Ela gemia da força descomunal que fazia. Várias camadas de folhas enrolavam sua cintura, por onde passava a corda que me puxava. Eu precisava ajudá-la a me ajudar.

"Moça... por favor...", e ela parou imediatamente, ofegante. Girou devagar, mantendo a corda na cintura. Só então percebi que ela lutava contra o meu peso e a gravidade. Estávamos subindo a montanha. A noite estava fria, mas seu rosto estava vermelho e suado, como quem prende a respiração por tempo demais. E me vibrou um sorriso entre a pressão de tudo. Ela era nova. Branca. Ruiva. Magra. Boa. Forte. Linda.

Falou alguma coisa. Não entendi uma só sílaba. Percebi que ela tampouco tinha me entendido. Apontou para mim, pôs a palma da mão esquerda para cima na sua frente e as pontas de dois dedos da mão direita sobre ela, como alguém em pé. Deu de ombros e me apontou o queixo, como se fizesse uma pergunta. Levantei minhas pernas amarradas no ar e olhei de novo para ela. Ela balançou a cabeça afirmativamente, parecendo aliviada. Forcei as pernas para arrebentar os nós das folhas finas, sem sucesso. Sentei-me com alguma dificuldade, tirei os braços da corda e tentei usar as mãos, apenas machucando os dedos. Olhei para ela, sentado. Ela ainda suportava meu peso esse tempo todo, calada. Levantei-me com as pernas amarradas e andei para fora da esteira mexendo o joelho para baixo e carregando minha bolsa. Aproximei-me dela, devagar.

"*Obrigado. Muito obrigado. Muito, muito obrigado*", eu dizia, com a voz, os olhos, a cabeça e as mãos. Ela pareceu entender. Suas mãos chamaram-me mais para perto. Dei mais alguns passos e elas me pediram para parar. Seus dedos girantes me mandaram virar. Eu apenas obedecia, silenciosamente. Só podia confiar em quem fazia tudo aquilo por mim. Senti o estalo das folhas desprendendo minhas pernas. Virei de volta. Ela guardava uma faca de volta em algum lugar das costas. Pensei por um segundo que eu poderia ter usado meu próprio punhal para cortar os nós. Abri a bolsa e ele não estava lá.

Tomei a esteira nas costas e segui a moça mais alguns minutos morro acima. Lembrei do sonho que acabara de ter, com o Professor. Apenas lembrá-lo já foi, por si só, uma surpresa. Sempre tivera muita dificuldade em recuperar os sonhos que tinha. Talvez considerasse sonhos um afago perigoso. Talvez agora sentisse o direito de sonhar.

Senti nas pernas que a subida terminava. Logo o terreno revelou um descampado. E logo ali a casa que havia visto debaixo, entre o que pareciam ser quatro árvores. Uma fogueira com o que parecia ser uma ave assada já não soltava fumaça alguma. Algumas horas certamente se passaram desde que rolei morro abaixo e gritei desesperadamente. Lembrei-me de ter visto seu rosto por um momento. Devo ter desmaiado depois. Ou era mais um sonho do qual agora podia me lembrar.

Ela desenrolou várias vezes a pequena corda que fechava por fora a porta de galhos amarrados. Sentou-se no chão, cruzou as pernas, agarrou uma garrafa com água e balançou a cabeça para o lado, olhando para mim. Entrei envergonhado, os dedos entrelaçados no fim dos braços pendurados na frente do corpo. Parei logo ao lado da porta, quase como se não tivesse entrado. Olhei ao redor. Havia uma cama de folhas e panos costurados no chão do outro lado do cômodo único. Uma mesa rústica bem-feita com frutas em cima. Uma cadeira bem construída. Notei os pregos nos cantos. Reparei as pontas serradas. As garrafas. Eu não fazia ideia de como tudo aquilo teria sido possível naquele lugar. Eu tinha só uma faca desaparecida.

Ela bateu duas unhas em uma garrafa e passou a palma de uma mão no chão varrido ao seu lado. Assenti com a cabeça e andei passos curtos até perto dela. Sentei-me ao seu lado em câmera lenta. Levantei a garrafa no ar à minha frente, abaixando a cabeça em sua direção e apertando os olhos, na esperança de que ela realmente entendesse a minha gratidão. Ela me emprestou meio sorriso compreensivo e continuou bebendo sua água. Logo me ofereceu pequenas frutas vermelhas dentro da casca de um coco pela metade, as mesmas frutas vermelhas que eu já havia comido atravessando a floresta. Apertou o meio coco no chão entre nós. Eu esperava ela tirar a mão e recolhia uma. E outra. Mantinha a contagem atualizada para garantir que eu comeria menos do que ela. De onde eu agora sentava podia ver grandes folhas verde claro fixadas na parede, marcadas com o que parecia ser um tipo de letra. Talvez fossem palavras. Eu não saberia dizer, em qualquer idioma que fosse. Ainda não saberia dizer. Havia também um pedaço de papel amarelado com letras diferentes. E, em um rasgo de tecido logo ao lado, o desenho de um cavalo.

Sentia algum cheiro gostoso ao meu lado. O que seria difícil mesmo em circunstâncias normais, depois de todo o esforço que ela acabara de fazer por mim. E sozinha em uma ilha tão adversa. Mas vinha dela. Era ela. E eu tentava esconder o nervosismo. Nunca tinha estado tão perto de uma mulher por tanto tempo. Nem de um branco. Nem, obviamente, de uma mulher branca. Nem, jamais, de dentro da casa de uma mulher branca. Tão perto da sua cama. Era bom me sentir digno, e pensar nisso fez sentir-me imediatamente indigno da dignidade. Logo o Professor flutuou-me a garganta na água.

"*A gente precisa dar coisas pra gente mesmo todo dia, filho. E a gente precisa aprender a aceitar o que a gente dá pra gente mesmo com amor. E agradecer. E dizer que tá lindo. Porque tá. Sempre tá.*"

Por qualquer razão que eu ainda ignorava, ela me dava a dignidade que eu era incapaz de dar a mim mesmo. Eu havia pegado seu presente, sorrido e agradecido. Faltava fazer as pazes comigo mesmo.

A melhor forma de descrever o que eu sentia talvez seja apenas dizer que eu estava vivo. Pela primeira vez desde a Noite dos Vagalumes, eu não sentia mais a morte por trás de cada noite, na ponta de um chicote, no porão de um navio ou nas ondas de uma tempestade. Eu não era um sobrevivente. Era, enfim, um vivente.

Senti seu cotovelo me espetar a costela, de propósito. Ela delicadamente derramava um pouco de água da garrafa na concha da mão. Equilibrou a maior parte que não gotejava entre os dedos, enquanto soltava a garrafa no chão. Voltou a mão e apontou um dos dedos para a pequena lagoa que ninava.

"*L'eau*[18]", ela disse, de algum jeito que me pareceu irreplicável. "*L'eau*", insistiu.

"*Nlangu*[19]", respondi, tocando a mesma água.

"*Nlangu*", ela repetiu perfeitamente, sorrindo. "*L'eau*", ainda não desistia.

"*L'eau*", tentei baixinho, e nunca pareceu tão certo ser motivo de risada.

Virei as costas para a porta e abracei a ponta do único pano fino que ela tinha me dado para me cobrir. Quase me doía a cabeça pensar em tudo ali que nunca haviam me dado de bom grado e que agora chovia sobre mim

---

[18] "Água", em Francês.
[19] "Água", em Kikongo, uma das línguas Bantu faladas no Congo.

de uma só vez. Um teto. Uma porta. Água. Comida. Conforto. Segurança. Espaço. Liberdade.

Liberdade.

Olhei para a sua cama no outro lado do quarto e ela olhava para mim, como eu para ela. Ou talvez não desse para saber, no escuro. Talvez eu já estivesse sonhando.

Eu podia sonhar.

XVI.
Outras dimensões do peito

Não conhecia uma única música que tocou o caminho todo. O carro era do professor, mas a doutora havia escolhido o que íamos ouvir, e ele parecia saber todas as canções. De tempos em tempos cantavam baixinho um trecho juntos, e cada vez era como uma senha de algum lugar para o qual não estávamos convidados. Nessas horas eu e ela trocávamos comentários com os olhos no banco de trás. Naturalmente, deixáramos os adultos nos bancos da frente e ela se sentara ao meu lado, com sua camisa de estampa de refrigerante. De todos os assuntos sobre os quais conversávamos todos os dias, a história subliminar óbvia do professor e da moça ainda não tinha sido um deles. Pensando bem, até ali havíamos conseguido desviar de qualquer assunto que envolvesse o relacionamento de qualquer pessoa. Inclusive o dela.

Mas conversamos. Era o que fazíamos de melhor. Por enquanto.

Ela olhava a paisagem e falou do dia em que viajou de ônibus para Varre-Sai[20] e viu uma criança no colo da mãe encostar a ponta do indicador e do polegar na janela e tentar aumentar o zoom do mundo real.

E me fez confessar que a cadeira que se deita, o ar condicionado gelado e o Toddynho da parada me faziam preferir viajar de ônibus a avião.

E lhe fez me contar do meio-irmão do pai dela que era instrutor de parapente em Varre-Sai.

---
[20] Município na região de Itaperuna, no Estado do Rio de Janeiro.

E nos fez pensar em quem de nós tinha mais coragem de pular de paraquedas ou de *bungee jumping*.

E nos levou a discutir a razão de *stand up paddle* ser considerado um esporte tão radical quanto o skate e o boxe ser só um esporte normal tanto quanto o golfe.

Então mudamos o passatempo da viagem para o capítulo em que perdi todas as rodadas e quase a dignidade humana no UNO[21] que havia levado e ganhei algo de volta nos dois episódios de Modern[22] Family que baixara no celular e assistimos juntos, dividindo os fones de sempre.

"Você pensa em tudo, né. Maluco", ela disse sorrindo com os olhos, depois que eu apresentei as opções de entretenimento e serviço de bordo, com biscoito salgado, chocolate ao leite e Coca de vidro quase congelada. Ela não fazia mesmo ideia de tudo que eu realmente pensava.

O GPS nos parou no portão do sítio nos arredores de Paracambi[23] uma hora e meia depois de sairmos da casa dela, nas primeiras horas de sol do sábado. O professor havia convencido nossas mães na tarde anterior e prometido que voltaríamos antes de anoitecer. Quatro anos de reuniões de pais e professores tinham lhe pavimentado uma reputação suficiente com aquelas jovens senhoras para nos permitir um dia como esse. Pessoalmente, apesar do interesse real que certamente aquela carta despertava em todos nós, eu não estava mais tão certo se a essa altura ele ainda fazia tudo isso exatamente pelas palavras, por seus dois alunos ou por qualquer amor insuspeitável pela História. O que não desconstruía o clima ameno que banhava tudo aquilo.

Uma profusão de cachorros multicoloridos se lançou sobre as madeiras grossas do portão às primeiras palmas do professor, bem antes da moça de avental chegar a passos apressados, secando as mãos. Do banco de trás o víamos explicar alguma coisa com uma mão na cintura e a outra no ouvido, imitando um telefone e então apontando para o banco do carona. A doutora sentada nele se curvou para frente e deu tchau e um sorriso para o lado de fora.

"Vocês gostam mesmo tanto assim de História? Literatura é muito mais legal", disse o banco da frente, torcendo o corpo para trás e aproveitando a primeira oportunidade em que nós três ficávamos sozinhos.

---

[21] Jogo de cartas popular no Brasil, desenvolvido nos Estados Unidos em 1971.
[22] Série de televisão estadunidense veiculada de 2009 a 2020.
[23] Município da Região do Vale do Café, no estado do Rio de Janeiro.

"*Ah, que nada. Eu gosto de Arte. Educação Física. Recreio. E tempo vago*", ela respondeu, bem mais rápida do que eu.

"*Mentira dela. Ela ama Física. Desesperadamente*", corri.

"*Aff. Nem me lembra*", e apertava os olhos já fechados como quem toma um remédio mais doloroso que a doença.

"*Ah, relaxa. Eu paguei o zelador pelo gabarito de Física no terceiro ano para eu passar*", disse a doutora, assustadoramente séria. Olhamos tensos um para o outro, no banco de trás.

"*É sério isso?*", ela não conseguiu não perguntar.

"*Será?*", e a doutora já se endireitava quando a porta abriu. Ela tomou um gole generoso da Coca para esconder os olhos arregalados ao meu lado.

Estacionamos embaixo de uma mangueira e logo esperamos do lado de fora o professor mover o carro para outra árvore, avisado do perigo de lambuzar toda a sua lataria. Cruzamos os cachorros, os gatos, as galinhas, os coelhos, os jabutis, os papagaios, cinco porcos, quatro cabras, três bezerros, dois burros e um cavalo a caminho da porta da casa. Todos soltos pelo quintal de terra revirada. Ela parou um minuto para acariciar a crina do cavalo.

"*Ele não tem nome*", tirei ela do transe, quando me aproximei.

"*Não tem?*"

"*Hm-hm. Perguntei pra senhora que abriu o portão pra nós. Ela disse que nenhum bicho daqui tem nome. Não perguntei o motivo. Mas louco, né.*"

"*É. É, sim*", e ela prestava pouca atenção em mim.

Entramos na casa, lentamente. Todas as janelas estavam abertas, e eram muitas, uma logo ao lado da outra. Tudo ali era velho e abundantemente colorido. As paredes eram azul-bebê, o chão era vermelho-pastoso, o telhado era marrom-escuro, as janelas eram amarelo-vivo, as cortinas eram verde-claro, as cadeiras eram rosa-suave, o sofá cinza-leve coberto com uma manta bege, os poucos móveis eram verdes e azuis-escuros e uma rede laranja se estendia na varanda ao lado da porta de entrada. Uma senhora nos esperava sentada em uma mesa envernizada bem no meio do cômodo mais iluminado. Usava um vestido branco e roxo. A doutora se aproximou primeiro e a abraçou carinhosamente, pescando com as palavras algo em doces águas passadas. Fomos apresentados um a um, o professor, ela e eu. Abracei a senhora. Até seus olhos verdes recusavam o preto. Ela cheirava a mato molhado, sabão de coco e álbum de fotos.

"*Café, chá, leite, alguém?*", a velhinha nos perguntou, levando sua caneca de metal mostarda à boca.

"*Leite daqui, mesmo?*", a doutora perguntou.

"*De hoje de manhã*", respondeu a senhora, na satisfação tranquila de um prazer raro com o qual já se acostumou.

"*Por favor!*", pediu a doutora, amanteigando as sílabas. A senhora tomou uma caneca cor de vinho descascada e despejou o conteúdo branco de uma das garrafas térmicas ao seu lado. Nenhuma das canecas fazia um par lógico com qualquer outra, o que parecia uma lógica por si só.

"*Eu aceito café, sim, senhora, por favor, se não for incômodo*", emendou o professor.

"*Nossa, que rapaz educado. Até demais*", continuou a senhora, na entonação de quem sabe o embaraço que provoca.

"*Pode ser chá pra mim, por favor*", ela pediu, as mãos entre os joelhos.

"*É de camomila. Pode ser, mesmo?*", a senhora certificou, vacilante.

"*Ah, pode ser de qualquer coisa*", ela respondeu, confortável.

"*E o rapazinho? Nada, nada?*", insistia-me a anfitriã.

"*Não, não. Obrigado. Eu comi no carro no caminho*", eu disse, e era verdade.

"*Até ontem café e chá não eram de comer*", disse a senhora, e era verdade.

"*Ele aceita um copo d'água, senhora. E nem precisa ser gelada. Um copo bem grande. O maior que a senhora tiver. Na verdade, pode trazer a jarra e um canudo*", ela pediu, protegendo-se em sua caneca.

"*Ah, ótimo. Só um minuto, por favor*", e pediu um copo de água a alguém no cômodo ao lado. Logo outra senhora surgia devagar, conduzindo meu copo. Vestia preto. Olhei para a mocinha ao meu lado. Queria me certificar de que eu via o que eu via. Ela me devolveu o olhar e a confusão.

"*Pra quem é a água?*", perguntou nossa nova amiga, ignorando minha expressão de surpresa. A doutora era a única calmamente indiferente.

"*Desculpa, eu preciso perguntar... vocês duas são...?*", claro que ela perguntaria.

"*Nos primeiros setenta anos não parecia tão impossível pras pessoas*", respondeu-lhe a anfitriã sentada. "*Enterro de anão e gêmeas velhas. É a piada ruim de sempre*", prosseguiu, na clara esperança de encerrar o assunto.

"*Ou negras assim tão velhas*", somou sua irmã, sumindo.

"*Que legal*", disse a mais nova das mulheres, em um tipo de animação resistente. "*Eu também sou gêmea*", continuou, cada vez mais baixo.

"*É? Sério? Idêntica? Eu já vi sua irmã?*", perguntou o professor, inocentemente. Meu coração correu de costas.

"*Não... ela morreu. Há uns anos. Quando a gente era criança*", e a sala descoloriu.

"*Meu Deus. Eu não sabia. Desculpa*", cauterizou o professor, e a doutora segurava a testa com a mão que subia do cotovelo apoiado na mesa.

Segurei seu indicador com o meu, sem pensar. Não sei bem explicar o porquê. Segurar sua mão inteira talvez fosse romântico demais. E não fazia sentido. Ainda não. Além do mais, eu não queria ser exatamente romântico. Não ali. Não naquela hora. Eu só não sabia bem o que fazer. Ou como. Mas queria fazer alguma coisa. Qualquer coisa. Ela me deu um rascunho de sorriso anestesiado e puxou a mão, gentilmente.

"*Tá tudo bem, filho. Você não sabia*", pontuou a velha, como quem falava de um segundo andar. "*E você tá bem, menina?*", voltou os olhos para ela, que assentiu com a cabeça, num sorriso pequeno. "*Bem, mesmo?*", não desistiu.

"*Tô, sim. Já faz tempo*", falou, como debaixo d'água.

"*Isso não diz muito, menina. Eu entendo alguma coisa de tempo. As pessoas gostam de dizer que ele cura as coisas. Não. Remédio cura. E só cura quem toma. O tempo empoeira. Amarela. Enferruja. Mofa*", e a sua confiança serena desafiava sua voz trêmula. "*O bom é que pra tudo nessa vida tem remédio. Pra tristeza, também. Às vezes demora pra fazer efeito, mas é só tomar*", ela ilustrava com o gole de qualquer coisa da sua caneca. "*Quando você achar seu remédio, só vê se toma, por favor*", e dava para saber que ela tinha terminado.

"*Bem, acho que a gente precisa falar de uma coisa bem importante*", interrompeu a doutora, assoprando a fumaça densa e invisível acima de nós.

"*Muito obrigado à senhora por nos ajudar com isso*", plantou o professor, enquanto preparava um caderno e uma caneta. Entendi a deixa e já abria a minha mochila.

"*Não, não... eu é que agradeço. Uma velha de noventa e cinco anos aceita qualquer coisa para ocupar o tempo sem quebrar a bacia*", disse a senhora, os olhos no cilindro de pano mal enrolado que eu já pousava em sua mesa.

"*Noventa e seis!*", gritou sua irmã do outro lado da parede.

"*Se você pode viver como se tivesse duzentos, eu posso viver como se tivesse noventa e cinco!*", gritou a irmã de cá, na mesmíssima expressão do rosto. Tensa como ficou a atmosfera, foi ao menos uma pastilha eficiente para a garota do meu lado, que espirrou uma risada indomada por entre os lábios fechados. Foi difícil não rir, especialmente depois da autorização que o sorriso vitorioso da própria senhora nos deu. Agora ela tocava levemente a garrafa sobre a mesa.

"*A senhora tá muito bem pra sua idade*", elogiou a menina. "*As duas estão*".

"*Tem gente que diz isso, mesmo. Mas eu não planejei viver tanto. Eu só não planejei morrer, feito quem come porcaria e briga com todo mundo.*"

"*Tipo quem toma Coca de manhã, né*", e a doutora olhava para nós dois, como uma espiã infiltrada.

"*Então...*", entrou o professor. "*Quem explica?*".

"*Acho que eu posso um pouco*", eu disse. "*Meio que começou comigo, né.*"

"*Se eu entendi, a gente tá aqui exatamente pra tentar descobrir onde começou*", corrigiu a anfitriã.

"*É... tomara muito*", concordei. "*Mas, tipo, um dia a gente tava na praia tentando aprender a surfar*", expliquei o "a gente" olhando para ela, ao meu lado, "*e veio uma onda e eu levei um tombo. Gigante.*"

"*A onda era gigante?*", a senhora quis saber.

"*Não, senhora. Gigante foi o tombo. Foi o que ele quis dizer. Mas nem foi tão feio assim. Eu tava lá*", ela disse. Era a primeira vez que ela desistia da piada. Talvez já tivesse rido tudo que dava para rir. Ou talvez fosse outra coisa.

"*É... eu caí bem lá embaixo. E vi essa garrafa presa na areia. Peguei. A gente mostrou pro professor. Ele não sabia que língua era essa. Falou com a doutora, que estuda essas coisas. E eles entenderam que era algum idioma do Congo. E aí a professora lembrou da senhora. Acho que é isso.*"

"*É bem isso, mesmo*", concordou a doutora. "*A senhora e a sua irmã são as únicas pessoas que eu conheci na faculdade, no mestrado e no doutorado que ainda manejam um pouco de Quinguana. E a gente queria muito saber o que tá escrito aí. Dependendo do que for, pode ser um documento muito importante*", encerrava, como se convencesse uma banca.

"*Uma mensagem numa garrafa em Quinguana já é importante de qualquer jeito, filha*", e a facilidade como ela expunha o outro beirava a arrogância.

"Ah, é. É, sim. A senhora tem toda a razão", e distribuía luvas e máscaras a todos.

"Tem que botar isso mesmo?", perguntou a senhora, e o professor imediatamente passou a ajudá-la. A dona da casa chamou pelo nome da irmã mais uma vez, e a doutora retirava a tampa da garrafa. As irmãs se sentaram uma ao lado da outra, e logo todos estávamos prontos.

"A senhora consegue identificar as palavras?", perguntou a doutora, o cérebro apressado. Apenas a irmã que veio de lá lia o documento com óculos grossos, movendo seus lábios mudos.

"Eu não consigo mais ler nada há uns cinco anos, filha", explicou, resignada. *"Foi quando ela precisou aprender a ler."*

"Como é?", foi a pergunta de todos nós, que a menina fez.

"Você não sabia ler até cinco anos atrás?", o professor perguntou à irmã.

"Há cinco anos ela não conseguiu mais ler nada. A aula começou antes, quando ela percebeu que ia perder a visão", explicou a irmã.

"Perder, não, que eu não tô cega, por favor", corrigiu, como um espelho.

"Tá. Quase cega", emendou, ácida. *"Essa aqui começou a me encher a paciência o dia inteiro. E falou pros meninos. Que falaram pros netos. E pros bisnetos. Aí pronto. Acabou o sossego. Ou eu juntava as letrinhas ou eu juntava a mão na cara de um"*, e a ameaça parecia muito real. Ela continuava tentando ler.

"Desculpa perguntar, dona, mas eu imagino que uma menina negra aprender a ler na década de trinta, no Brasil, era raro. Por que a senhora não aprendeu a ler junto com a sua irmã?", eu precisava saber.

"Ah, minha avó fazia questão. Mas, respondendo melhor você, primeiro porque eu não sou obrigada a fazer nada só porque a minha irmã faz. Segundo, porque na escola, quando a gente já era mocinha, eu quis aprender a ler em Quinguana ou Kikongo, que era como a minha avó falava com a gente. O professor disse que só podia ensinar em Português, porque era a língua dos civilizados. Aí eu voltei pra casa e contei pra minha avó. Akondua. Alauka. Alembi velela. Alulu[24]", começou a dizer, o olhar perdido, como uma máquina com pouco óleo.

"Para com isso", tentou sua irmã. *"Você não lembra o que ela disse naquela hora."*

"E mpasi. Nkonfo. Edobo. Muinku[25]."

---

[24] Em Kikongo, respectivamente, "débil", "idiota", "imundo", "feio".
[25] Em Kikongo, respectivamente, "doença", "galinha", "patife", "colher de pau".

"Mais de oitenta anos. Você não acerta nem o almoço de ontem."

"Efungu. Ekakama. Kipombo. Enenenu[26]."

"Vovó nem era tão assim."

"Jamu. Kiasusu. Ekokobolo dia ota. Kiula[27]", ela continuava, irritada com alguém que não estava ali.

"O que é tudo isso que ela tá dizendo?", tentou a doutora para a primeira irmã, baixinho.

"Lunjinji. Lusuvuku lua lékua a lúfua. Efuku dia mavu. Ndoki[28]."

"Xingamentos de muito tempo. Nem escuta, por favor."

"Nkentu ambi. Nsumuki. Uazi ua mbunduna. E vumbi[29]." E parou, súbita e calmamente, como se respirasse ar fresco.

"Já?", perguntou sua irmã.

"Palavrões? Quero!", disse a menina, animada. A irmã de preto sorriu para a outra.

"Não, não, não. Só se tiver aqui. E eu acho difícil", apontava para a carta sobre a mesa.

"Você também já teve quinze anos", respondeu a gêmea, voltando a ler.

"Vocês nasceram aqui, mas aprenderam a língua de lá com a avó de vocês, então", perguntei afirmando.

"A gente nasceu aqui, sim. Ali, na verdade. Naquele quarto", apontava com o queixo a senhora que não lia. "A gente não aprendeu só a Língua com a vó. A gente aprendeu tudo com ela. Ela criou a gente. Vó nasceu em mil oitocentos e sessenta e três", falou pausadamente, olhando para o teto com um só olho aberto. "Nasceu escrava."

"Oito anos antes do Ventre Livre[30]", o professor deixou escapar.

"Acho que foi."

"E foi alforriada com vinte e cinco anos, então", calculou a doutora.

---

[26] Em Kikongo, respectivamente, "cancro", "salamandra", "não civilizado", "latrina".
[27] Em Kikongo, respectivamente, "cemitério", "insosso", "galo castrado", "rã".
[28] Em Kikongo, respectivamente, "formiga", "restos mortais", "monte de barro", "comedor de carne humana".
[29] Em Kikongo, os três primeiros termos, respectivamente, "mulher feia", "pecador", "lepra".
[30] Promulgada em vinte e oito de setembro de mil oitocentos e setenta e um, foi a primeira lei abolicionista do Brasil e concedia liberdade aos filhos dos escravos nascidos a partir daquela data.

"*Foi o que disseram*", respondeu, amarga. "*Pai nasceu cinco anos depois, quando vó tinha trinta anos. E ele morreu em mil novecentos e vinte e dois. Cinco de julho.*"

"*Pera. Cinco de julho de mil novecentos e vinte e dois?*", o professor, mais uma vez.

"*Aqui no Rio?*", continuou, assustado.

"*Lá no Rio. Em Copacabana.*"

"*Não*", replicou o sujeito, num longo fonema.

"*Um soldado.*"

"*A Revolta do Forte[31].*"

"*Um tiro nas costas*", ela mastigou, enchendo a caneca outra vez.

"*Isso é a história viva!*", impressionava-se o homem.

"*Isso é um pai morto*", foi o que ela respondeu. O semblante do pobre homem despencou.

"*Eu... não... não foi isso que eu quis dizer. Só... desculpa. Perdão, senhora*", tentou, de todas as formas.

"*Você é só mais um. Talvez nem seja culpa sua. As páginas dos livros são brancas*", ela encerrava o assunto, encarando as vibrações da caneca.

"*Eu só quis dizer que a jornada da família das senhoras é muito poderosa...*", remendava o professor.

"*Tá... eu não acho que algum livro vá falar de nós*", respondeu. "*Mas você quer saber da história. Mãe tava grávida. Ela disse que pai não sabia. Minha irmã acha que ele sabia, sim. E ele decidiu ir mesmo assim.*"

"*Claro que sabia*", disse a irmã, os olhos na carta. "*E nem me apressem. Eu leio devagar.*"

"*Eu sinto muito, senhora. Muito mesmo*", ela falou docemente, ao meu lado. Só então lembrei do que aconteceu com o seu pai. E me odiei por não ter me antecipado a atmosfera segundos antes.

"*Não*", respondeu a velha anfitriã para ela, a voz penetrante como seu olhar. "*Eu sinto muito. Dá para ver seu coração, pequena. Eu queria te dar numa xícara o que você precisa*", e parou, parecendo sentir que ir mais longe machucaria mais do que ajudaria.

---

[31] Levante de uma parte do Exército insatisfeita com decisões do Governo Federal, que culminou na ocupação do Forte de Copacabana e um confronto com número impreciso de vítimas fatais e feridos, em julho de mil novecentos e vinte e dois.

Com alguma dificuldade, as gêmeas caminharam conosco até o carro embaixo da árvore. A doutora deu a elas duas canecas, pelas quais agradeceram mesmo antes de abrir. Uma delas tinha listras verticais de várias cores, como a estampa de uma sombrinha de frevo. A outra era preta. As gêmeas trocaram as canecas assim que as desembrulharam.

"*Adorei tudo*", eu disse, sincero e educado, abraçando a senhora de vestido colorido. "*Esse monte de bichinhos, também. Nossa. Deve ser difícil lembrar o nome de todos eles.*"

"*Ah, deve ser, pra quem tentar. Mas eles não têm nome*", ela respondeu, como se fosse informação suficiente.

"*Não?*", precisei questionar.

"*Não. Gente nova dá nome pro que já existia e acha que agora aquilo é dela. Como foi com esse país e com todos os outros. Mas os bichos não são nossos. A gente só vive junto*", me falava, para muito além do que eu lhe perguntara.

"*Me ensina só um, vai...*", a menina ao meu lado pediu quando abraçava a última senhora, despreocupada em esconder sua pergunta de mim ou de qualquer um.

"*O quê, garotinha?*", perguntou sua voz rouca. Só então percebi que seus olhos eram pretos.

"*Um dos palavrões...*", sorria sua voz manhosa. A velha senhora olhou para a irmã, que deu de ombros, desistindo de lutar. A irmã de cá sorriu como uma velha raposa.

"*E vumbi*", ofereceu, com força.

"*E vumbi*", repetiu a garota.

"*Não, não. Com raiva. E vumbi!*", corrigiu.

"*E vumbi!*", tentou mais uma vez, com o corpo todo.

"*Isso...*", orgulhava-se a senhora.

"*Muito obrigada. Você é linda. Vocês são lindas demais. E quer dizer o que, por favor, senhora?*", ela precisava completar.

"*E faz diferença?*", terminou, dando-nos as costas.

x

Combinamos que a bisneta nos enviaria por mensagem quaisquer trechos que elas traduzissem. A doutora me perguntou se não tinha problema deixar a garrafa com elas, mas eu tinha a sensação de que a carta fazia mais sentido ali do que comigo. Saímos depois do almoço que a moça que nos atendeu no portão preparou. Uma bisneta de trinta e um anos. Conversamos no banco de trás sobre o quão surreal era que a bisneta tivesse quase o dobro da nossa idade. Talvez o professor tivesse razão, por um lado. História viva.

Não jogamos ou assistimos nada no caminho de volta. Por mais sorrisos que todos tenhamos compartilhado naquelas horas, algo mais poderoso nos atingira outras dimensões do peito. Os adultos analisavam algum momento daquela manhã a cada dezena de quilômetros. Ambos tinham, contudo, alguma razão para se envergonhar, e não pareciam plenamente seguros de revisitar todos os tópicos. Ora conversavam amenidades como amigos, como qual dos cachorros do sítio era o mais irresistível; ora conversavam seriedades como professores, como sobre o Brasil ter sido o país que por mais anos manteve escravos, e sobre ainda termos mais tempo em nossa História sob a escravidão do que sem ela e sobre como uma segunda geração ainda viva de suas vítimas nos mostrava quão pouco distante estávamos desse mundo. Atrás deles, apenas olhávamos as paisagens pela janela, em silêncio, a maior parte do tempo. Seus olhos tocavam os campos como dedos em Braille. Como se dominassem o idioma das pausas do universo. Eu não sabia bem o que dizer. E ela disse.

"Obrigada", falou, tirando os olhos da janela, em algum volume que parecia acreditar que só eu escutaria, ou me importaria.

"Pelo quê?", eu realmente não sabia. Ela levantou o indicador que eu havia segurado por alguns segundos, com um sorriso tímido. Foi quando acendeu-me uma fagulha de coragem. *"Eu tenho uma música pra mostrar pra você"*, e já tirava os fones de ouvido na bolsa com os dedos gelados.

"Uma música? Eu... desculpa... acho que eu quero ficar quietinha agora", falou sem vontade, embaçando o mesmo sorriso tímido.

"Tudo bem. Não tem problema", disse, com o dedo no zíper. *"Só pra deixar claro, nem se for eu cantando?"*, perguntei.

"Ahn? Sério?!", seu corpo se arrumou engraçado no banco.

"Não. Não sou eu. Mas você tá mais animada. Funcionou. Só uma?", juntei as frases bem rápido e via desembaçar-lhe um sorriso menos tímido.

"*Maluco. Tá bom. Uma música*", concordou, a mão espalmada para cima no banco. "*Até porque você não erra uma música desde o Safadão*", lembrou, enquanto pegava os fones.

"*Com a Ivete, cara. Com a Ivete... e você gosta da Ivete*", tentava devolver sem rir.

"*Sim, mas ela canta com o Brian não-sei-o-quê, com o cara do Corazón e canta música do moço dos Paralamas, aí você me vem com ela cantando com o Safadão. Um cidadão com sobrenome 'Safadão'*[32]. *Não aguento. Não basta ser safado. Tem que ser no aumentativo. E não basta ser ão, tem que ser promovido a sobrenome. Aff*", dizia, e a cor voltava às suas bochechas. A atmosfera parecia quase normal. Só não era exatamente a que eu queria ao redor daquela música. "*Aliás, eu quero mostrar uma coisa pra você, também, antes*", e ela pegava o próprio celular no bolso.

"*O que é?*", eu quis saber, torcendo o pescoço para espiar sua tela.

"*Calma... pera... pronto. Aqui*", abriu uma foto. Era uma das senhoras. Apenas um recorte do rosto de uma delas, em um ângulo inesperado.

"*Nossa. Quando você tirou essa foto?*", investiguei, surpreso.

"*Ah... sabe o que falam dos mágicos, né*", devolveu, esperta.

"*Hmm... tá bom... mas tá muito, muito bonita. Uma das melhores, eu acho. Mas é só a minha opinião, né. E eu não entendo disso.*"

"*Eu gostei muito, também... a modelo ajuda. E a sua opinião é importante. Você meio que entende de mim*", ela terminou, tirando os olhos dos meus. Fiz o que pude para fingir que me recompunha.

"*Tá. Eu vou colocar a música. Bem, eu gosto dela*", tentei ajustar o ambiente.

"*Vai ter introdução, né*", perguntou, cruzando os braços, conhecendo-me.

"*Aham. Vai. E vai ser mais rápida se você deixar logo.*"

"*Ai. Tá. Chato*", devolveu, reencarnando em seu próprio corpo.

---

[32] "Corazón Partío", de Alejandro Sanz, feat. Ivete Sangalo, 1997; "Back at one", de Brian McKnight, feat. Ivete Sangalo, 1999; "Se eu não te amasse tanto assim", de Herbert Vianna, 1999; "A lua que eu te dei", de Herbert Vianna, 2000; "À vontade", Ivete Sangalo e Wesley Safadão, 2017.

"*Eu nunca mostrei essa pra você. E eu já queria, há um tempo. É do Tó Brandileone[33] e do Zé Luis[34].*"

"*Nunca ouvi falar na vida*", na espontaneidade de uma voz mais rápida que o pensamento.

"*Tudo bem. Ele também nunca ouviu falar de você*", experimentei.

"*Engraçadinho. Onde você acha essas coisas?*"

"*Na folga da Wikipedia*", respondi, escavando um sorriso dela.

"*Maluco.*"

"*Vai. Coloca o fone*", pedi. "*É isso. Espero que você goste. Eu gosto. E queria que você ouvisse. Queria ouvir com você. 'Meu coração e o seu[35]'*", terminei. Algo nas últimas frases a fez olhar através de mim. E então fechar os olhos. Como sempre fazia.

Apertei o botão.

x

"*O destino ilumina o chão, sigo a direção,*
Trago a força e os olhos do meu pai."

Ela não abriria os dela antes do fim da música. Apostava nisso. Apostei em não fechar os meus.

"*Sou menino aqui no coração, signo de Leão,*
As estrelas são meus ancestrais."

A menina descansava a cabeça no encosto. Balançava o pensamento para um lado e para o outro, devagar. Seus dedos marcavam o tempo ao lado da sua perna.

"*Procurar, se perder, cada encontro*
Terá um porquê, um olhar diferente,

---

[33] Tó Brandileone é um produtor musical, compositor e intérprete paulista, vencedor, como produtor, do Grammy de melhor álbum pop contemporâneo, ao lado da dupla tocantinense AnaVitória, pelo álbum "Cor". Tó já dividiu o palco com Ivan Lins, Lenine, Chico César, Maria Gadu e outros artistas nacionais, além de compor o Coletivo 5 a Seco.

[34] Zé Luis Nascimento é um percussionista e produtor musical baiano que, desde mil novecentos e noventa e seis, divide suas performances entre o Brasil e a França, tendo participado da gravação de mais de uma centena de álbuns internacionais, acompanhando músicos como o três vezes Oscarizado Michel Legrand e a cantora cabo-verdiana de maior alcance internacional, Cesária Évora.

[35] "Meu coração e o seu", de Tó Brandileone e Zé Luis Nascimento, do álbum *Eu Sou Outro*, de dois mil e dezesseis.

A gente entendeu, meu coração e o seu."

O meu já tinha visto tudo isso muitas outras vezes. O mesmo fone. Os mesmos olhos fechados. Os mesmos cabelos dançando. Os mesmos dedos tocando. Tudo. Mas me acostumar seria como olhos mecânicos ignorarem um beija-flor parado no ar, dizendo que todos os beija-flores são iguais. Eu só não me cansava.

*"O acaso sempre me escolheu, minha fé e eu,
Num relance o lance se constrói."*

E a cada relance irreproduzível da minha vida que me sequestravam, amaldiçoava meus olhos piscantes.

*"Quando a gente se encontrar depois, vamos ser os dois,
Os romances vão falar de nós."*

Um big bang em três minutos. E acabou. E ela saiu da música, como de um mergulho no lago.

x

Como em tantos outros capítulos da minha vida com ela, aquilo parecia um sonho. Minha mãe dizia que eu sonhava demais. Que eu vivia de menos no mundo real. Mais de uma vez minha avó lhe respondeu, *"E se o mundo todo for um sonho que Deus realizou? Então toda a realidade é o sonho de alguém."* Minha avó tinha um jeito estranho de fazer sentido. Para mim, pelo menos. Eu precisava que aquilo fizesse sentido para mim.

"Eu gostei. Mesmo. É incrível. E muito você", sua voz me atravessou.

Olhei para a frente e o professor adormecera no banco do carona. Suas tranças pendiam ao gosto das curvas, como folhas envergadas de palmeiras ao gosto do vento. Haviam combinado que ela dirigiria seu carro no caminho de volta. A doutora parecia saber de alguma letargia digestiva do professor que nós ainda ignorávamos. Considerei por um segundo tirar uma foto dele naquela situação tão embaraçosa. Mas, por maiores que fossem os benefícios que uma foto como essa poderiam me oferecer com um grupo bem específico de colegas da escola, logo me pareceu uma tolice desafinada com o momento que todos havíamos acabado de experimentar, desrespeitosa com a amizade sincera que o professor recentemente nos ofereceria e pouco eficiente diante da vergonha que ele próprio já sentiria em pouco tempo por, ao acordar, se imaginar de boca aberta ao lado daquela precisa motorista. Felizmente, meu cérebro e a minha boca costumavam ter uma boa relação, boa parte do tempo.

Um sono pesado também me puxava os olhos. Temi pela capacidade da doutora de dirigir, por um momento. Mas logo parei de pensar nisso. Logo parei de pensar em tudo. Senti a cabeça dela pesar em meu ombro.

Ela estava dormindo. Comigo. Em mim. Congelei. Tive a impronunciável certeza de que nunca estivera tão nervoso. Meu coração era a única fatia viva do meu corpo adormecido.

Devo ter anestesiado ali, sem reação, por uma quantidade ridícula de minutos. Desfibrilou-me o suave volume de uma canção de ninar que de repente tirou o silêncio para dançar. Olhei em direção ao som e vi a doutora descansar o celular no console central, piscando um sorriso esperto pelo retrovisor.

Tive medo de fazer movimentos bruscos e em um segundo perder vidas inteiras. Quis me ajeitar no banco e deixá-la mais confortável. Quis deslizar até a outra ponta do banco e deitá-la em meu colo. Quis guardar mechas atrás da sua orelha. Quis acariciar seu braço. Quis beijar sua testa. Mas não. Não. Não podia, enquanto sonhava com um dia sem nãos. Na verdade, tive uma confusa sensação de *déjà vu* de sonho bom de noites repetidas.

Fechei os olhos e fiz a única coisa que imaginei seguro fazer. Virei o rosto levemente e cheirei seu cabelo devagar, como um prisioneiro bebe a atmosfera em um banho de sol. Já havia sentido seus cheiros antes, nos meus dedos que ela tocara e nas páginas de um caderno. Uma vez arrisquei-me a provar rapidamente o casaco que ela havia deixado na carteira atrás de mim, na sala vazia. E mesmo seu cabelo, quando chegava perto demais ou em um prendedor que brincava de fazer minha pulseira. Mas nunca assim. Não assim.

Feito injeção de flores.

Doce de estrela.

Sussurro de anjo.

E imaginei tudo que existiria para imaginar. Tudo.

Por pouco senti-me escapar de derreter o banco e pingar pela estrada.

Tive medo de ter realmente dormido minutos antes, quando comecei a sentir meu sono pesar. Supliquei a Deus que tudo aquilo ali, naquela hora, não fosse um sonho. E que me deixasse sonhar com tudo isso depois.

O professor acordou primeiro, em um quebra-molas. O esforço de não vibrar meu corpo em risada para não acordá-la foi maior do que eu esperava. Logo me senti mal por isso. Ele tentava disfarçar sua raiva de si mesmo diante do "bom dia" misericordioso da doutora. E éramos tão iguais.

"*Diz que eu amei conhecer ela, por favor*", falou-me baixinho a motorista ao descansar de seu último posto. "*E você, também. Mesmo*", ela disse, dando tchau, enquanto o professor a acompanhava até a portaria do prédio. Ficaram ali por uns minutos. Ela segurava a mochila com uma das mãos e ele não fazia a menor ideia de onde colocar as suas. Abraçaram-se rapidamente. Ela entrou. Ele voltou para o carro olhando para baixo e balbuciando alguma coisa imperceptível por trás dos *dreadlocks* caídos. Encostou a porta devagar.

"*Ela, agora, na ordem, né*", quase não falou, e confirmei com a mão. "*Mais meia hora, cara. É o mais devagar que eu consigo ir*", e sorriu de um lado só, desistindo de disfarçar.

Não havia tanto que eu pudesse fazer que eu já não tivesse feito até ali, nos últimos minutos daquela minha nova vida. Olhei o relógio do celular. Ela se deitava em mim há quase uma hora. Sessenta por cento de mim estava dormente. E eu nunca ia lavar aquela camisa.

Travei o celular para devolvê-lo ao bolso e vi nosso reflexo na tela escura. Desisti de guardá-lo. Seus cabelos castanhos banhavam meu peito, por dentro e por fora. Seus lábios entreabertos me contavam segredos de futuros possíveis. Suas pintinhas constelariam meu sono. Meus sonos.

Lembrei-me de haver lido em algum lugar sobre a memória olfativa, e como ela aparentemente é difícil de desviar. Dissessem que eu era apenas um adolescente, que eu teria a vida pela frente, que eu ainda não sabia bem o que era sentir. Que alguém na minha idade ainda não saberia o que é amar. Dissessem o que quisessem. Eu tinha ali, naquele firme ponto do universo e da História, a absoluta convicção de que aquele quadro estaria esculpido em mim para sempre. Uma criança tem certeza de que ama a sua mãe. Ou a sua avó. Certeza. Eu também tinha certeza. Eu sabia de mim. Eu sabia a quem eu amava. Meu coração era meu, afinal. Era tudo que eu tinha.

Meu coração era dela. Ela tinha tudo.

"*Tá na hora, cara*", lamentou o motorista, nos últimos quarteirões.

Olhei a tela escura do aparelho, mais uma vez. Talvez parecesse uma migalha triste para alguém, mas eu não ligava mais. Guardei o celular. Suspirei fundo. Desisti de tocar sua mão ou seu rosto. Apenas chamei seu nome com carinho. Uma. E outra. E outra vez.

"*Nossa... desculpa... eu dormi, né... quanto tempo?*", dizia, afastando pedaços de nuvem, alheia aos universos que dançaram sobre ela.

"*Pouco tempo*", eu respondi, e era verdade para mim.

Mudar para o banco da frente foi uma ótima desculpa para descer no portão da casa dela. Transmiti o carinho da doutora. Sua irmã de fones de ouvido esticou o pescoço na porta e gritou para a mãe do lado de dentro, enquanto ela abria o cadeado e segurava o cachorro com a perna.

"*Foi bem da hora*", disse alto o sorriso de menina, para o professor escutar do carro. "*É sempre bom*", só para mim. Tocou minha mão, fechou o cadeado e sumiu pela porta, abraçada à sua almofada viva.

x

Tive a impressão de que o professor quis começar uma porção de assuntos no curto caminho até a minha casa. Ele também deve ter tido. Fomos calados, contudo. Agradeci por tudo e soltei o cinto. Então tirei a mão da maçaneta e abracei a mochila no meu colo. Não resisti.

"*Desculpa, professor. Eu posso perguntar uma coisa?*"

"*Até que enfim*", devolveu, como se afofasse um sofá.

"*Não é bem sobre mim. Quer dizer. Mais ou menos. Eu acho. É só que... você e a doutora...*"

"*Ah... isso. É. Bem. Tá*", começou, tirando as mãos arrependidas do volante.

"*Desculpa. O senhor não precisa falar se não quiser.*"

"*Não. Não. Tudo bem. Quer dizer. Acho que você pode saber. Ou precisa*", pontuou, como se tentasse me fazer aprender outro tipo de história. "*Bem, é meio complicado. Eu acho*", e descansava a cabeça no encosto, cansado de algum exercício que não lhe abandonava. "*Ela chegou na faculdade um ano depois de mim. O departamento dela era perto do meu. A gente tinha amigos em comum. Enfim. A gente logo ficou amigo. E eu não demorei pra sentir mais coisas. Mas eu tinha namorada desde antes de conhecer ela. E eu não sabia se ela queria qualquer coisa comigo. Ela era linda, inteligente, engraçada. E eu era só eu, mesmo. Era o que eu pensava. Era o que eu sentia*", dizia, conversando com o fim da tarde pelo para-brisas. "*Eu terminei com a minha namorada no fim daquele semestre. Não parecia certo o que eu tava fazendo com ela. Por dentro.*

E eu ensaiei mil maneiras bem da hora de chegar nela no primeiro dia de aula depois das férias. Depois que eu tinha resolvido tudo. Já sabe o que aconteceu, né", virou o pescoço para mim.

"*Ela chegou namorando*", respondi, tendo assistido filmes suficientes.

"*Ela chegou namorando. Lógico. Um cara de Direito. Lógico. E eu não fiz nada. Lógico*", e eu entendia a mudança na sua voz. "*Os dois anos e meio depois foram complicados. Mais do que eu posso contar. Ou quero. Mas a gente chegou perto. Bem perto. Mais de uma vez. Ou duas*", e ele parecia ao mesmo tempo envelhecer e voltar no tempo. "*Em alguma altura daquela confusão dentro de mim eu tentei esquecer ela. Eu estudava aquele monte de histórias e problemas tão grandes no mundo e ficava pensando que o meu era besteira. Que uma hora ia passar*", ele dizia, sem convicção. "*Não passou. E eu comecei a pensar que talvez o amor seja o assunto mais democrático que existe. Talvez o único problema que todo mundo divide. Ricos e pobres, jovens e velhos, todo mundo vive tentando encontrar o seu. E doendo enquanto não acha. E doendo mais depois de achar e ainda não conseguir abraçar pra sempre*", e o seu ferimento parecia sentar-se no teto do carro. "*Ela foi na minha formatura. Com outro cara. De Engenharia. Veio me dar um abraço de parabéns no final. E eu dei uma carta pra ela naquela hora.*"

"*Uma carta?*"

"*Uma carta. Mas nem se empolga. Comigo nem com você. Com alguma ideia de carta. Não sei se é uma boa ideia. Não foi, para mim*", tentava realmente me salvar. "*Ela pegou a carta. Olhou pra mim. Eu não disse nada. Saí andando devagar. E ela não disse nada, também. Nem depois.*"

"*Nunca mais?*", perguntei, doendo.

"*Talvez ela achasse que ia casar com aquele cara. Sei lá*", e se esforçava para soar resolvido. "*Ela se formou no outro ano e viajou pra um mestrado. Depois pra outro lugar, pro doutorado. E foi pra fora, no meio. E voltou. E passou num concurso em outro lugar, depois que terminou.*"

"*E o senhor sabia de cada lugar que ela morou esse tempo todo*", e me arrependi assim que a frase saiu da minha boca.

"*É. Eu sabia, sim. Aham*", respondeu, desarmado.

"*Mas ela tá aqui, agora*", remediei.

"*Tá. Há dois anos. Ela e uma filha. E uma vida. E histórias depois da nossa*", completou, tentando diminuir uma força que parecia ignorar seus planos. Conversamos em silêncio com o horizonte por um tempo.

"*Eu sinto muito, professor. Eu acho*", foi o que parecia menos ruim dizer.

"*É. Eu também. Mesmo*", foi tudo que ele pôde dizer. "*Não é uma resposta da hora, mas você perguntou, né.*"

"*É... perguntei, sim*", as palavras deslizaram sobre o gosto amargo da boca.

"*Acho que você precisa entrar, cara*", e eu já levava a mão de volta à maçaneta. "*Mas acho que eu ganhei o direito de fazer uma pergunta, também, né*", interrompeu, e eu não imaginava essa.

"*Acho que sim, professor. Claro.*"

"*Eu não sei bem se eu devia perguntar. E se é só uma pergunta. Mas o que que acontece com vocês dois, mano? Ou o que falta pra acontecer?*" e, por mais que tanta gente ao redor de nós parecesse igualmente confuso, ninguém tinha perguntado nada assim em voz alta para mim até aquele dia. Achei que seria mais embaraçoso receber uma pergunta como essa do que realmente foi. Talvez fosse, se viesse de outra pessoa. Passeei os olhos por pontos diferentes do carro antes de começar a responder.

"*Eu não sei se eu sei responder, professor*", confessei, apertando os lábios, se não me era possível apertar a alma. "*A gente se conhece há esses anos todos. E ficou amigo desde o começo. E cada vez mais. Mais perto. Mas nunca aconteceu de verdade.*"

"*Pois é. Eu comecei a dar aula lá no mesmo semestre que você entrou. E eu vejo vocês. Acho que meio que todo mundo vê. Vocês não escondem muito, sempre juntos por aí. Não dá muito pra entender.*"

"*Eu não sei explicar tão bem. Mas eu penso sempre nisso. Na gente. E eu acho que tem algumas coisas que talvez façam sentido*", eu falava mais para mim do que para ele.

"*Como assim?*", e tive medo de falar dela mais do que ela gostaria. Talvez eu precisasse.

"*Ela não tava bem quando a gente se conheceu. Quando eu cheguei na escola. O acidente tinha acontecido uns meses antes*", abaixei o volume, sem perceber.

"*Eu acho que eu não sei... é sobre a irmã que ela falou hoje à tarde?*"

"*E o pai. Ao mesmo tempo*", respirei. "*A mãe ficou com ela em casa e o pai foi buscar a irmã no futebol. Sábado à tarde. Um motorista usando o celular*", tentei resumir o pouco que sabia do jeito menos dramático. Não era possível.

"Meu Deus. Ninguém nunca tinha me dito isso", numa possível vontade de talvez ter feito mais por ela desde o começo. Ou de pelo menos ter evitado o pior minuto da tarde.

"Foi. Eu também não conhecia ela quando aconteceu. Nem conheci a irmã. Ela estudava em outra escola por causa de uma prima que ela gostava muito, alguma coisa assim. Talvez por isso também não tenham falado tanto disso no colégio."

"Tá. Acho que eu entendi ela não estar bem quando vocês se conheceram", disse, como um padre em um confessionário.

"Eu também não tava muito, na verdade."

"Também? Me conta, por favor. Não deixa eu falar besteira com você, também", pediu, reabsorvendo toda a vergonha.

"Eu tive um irmão. Especial. Ele viveu quase um ano. E meu pai foi embora. Um pouco depois que o meu irmão não sobreviveu. E depois eu perdi minha avó", e em algum ponto das últimas frases tive a impressão de já ter falado mais sobre dentro de mim de uma vez só ali do que já havia feito em qualquer outra conversa até aquele dia. A não ser por ela. Nas nossas conversas.

"Nossa. Eu também não sabia. Não imaginava. Desculpa. Eu sinto muito mesmo", tentou, com a mão no meu ombro.

"Tudo bem. Eu acho. Agora. Já faz um tempo", e eu dificilmente conseguiria dizer algo diferente disso. *"Na verdade, acho que pra minha mãe nunca ficou tudo muito bem"*, e falar nisso me incomodava como se algum sentimento de deslealdade com a minha mãe me escorresse sob as unhas.

"Eu imagino", o professor se compadeceu. Suspirei, e não saberia dizer do que exatamente me cansava.

"Acho que foi muita coisa pra ela. Ela nunca mais quis ninguém. Tipo, pra namorar ou qualquer coisa assim. E fala do meu pai, às vezes. Ela tenta não falar. Parece. Mas não consegue sempre", e parei. Percebi que não queria mais falar em nada disso. O professor continuava com a mão em meu ombro, e até isso começava a me incomodar.

"É, carinha", rompeu o silêncio e retirou a mão. *"Eu não vou falar muito sobre tudo isso. Nem sei se eu consigo. Eu não sou terapeuta, mas acho que amigo a gente meio que já é"*, e lhe sorri com uma sinceridade tímida. *"Eu falo como amigo, então. Que talvez saiba mais de como não fazer isso do que de como fazer."*

"Tudo bem, professor. Pode falar. Não tem problema", e era como se um eu futuro me dissesse que seria bom ouvir.

"*Eu não conheço a sua mãe. Posso mesmo estar errado. Não quero julgar. Mas talvez você tenha medo de começar alguma coisa de verdade com uma garota por causa dela. Porque você acha que ela só tem você. E ia se sentir abandonada*", e eu não conseguia fingir que já tinha pensado nisso. "*E talvez você também tenha medo de ela falar alguma coisa do seu namoro. Porque ela tá muito frustrada com relacionamento em geral*", e já devia ser claro em meu rosto como aquelas poucas palavras me pesavam. "*De novo, pode não ser nada disso. Mas também pode ser. E eu acho que você devia pensar mesmo nisso. E talvez conversar com sua mãe, até. Ou um terapeuta. Ou os dois*", e ele parecia mesmo preocupado.

"*Eu... é. Faz sentido, eu acho. Talvez. Tudo*", eu dizia, olhando para baixo, como se procurasse peças caídas.

"*Desculpa, meu amigo. Eu só acho que você ainda pode acertar. Eu não quero que você um dia precise conversar com um menino como eu tô conversando com você. Sabendo tanto sobre as chances perdidas de viver a versão mais feliz da sua vida com alguém*", presenteou-me, amoroso.

Tentei muito não chorar.

"*Não... eu não queria te deixar mais triste. Não era isso*", e me dava leves tapinhas no ombro. Queria responder que não era culpa dele, mas não conseguia.

"*Eu gosto dela, professor. Eu gosto dela. Eu gosto muito dela. E eu tenho medo de gostar tanto...*", e deixava cair as frases repetidas, como quem tenta cortar os pesos de um balão.

"*Eu sei... eu sei... eu acredito. Mesmo*", e já não precisava me convencer da sua sinceridade.

"*Às vezes eu acho que eu devia deixar pra lá. Superar*", entreguei. "*Ela deve saber que eu gosto dela. Garotas sempre sabem, todo mundo diz. E ela não faz... não me dá um sinal de verdade...*"

"*Não, não, não, não, não*", interrompe. "*Entende, filho. Ela pode saber que você gosta dela, mas ela não sabe o que fazer com isso. Adolescentes não sabem, adultos não sabem, ninguém sabe*", e um adulto deveria saber. Aquele adulto deveria saber.

"*Não é culpa dela. Eu sei*", eu disse, sentindo-me mal por dizer qualquer coisa dela.

"*Olha, ela é uma menina bem da hora. E dá pra ver que vocês gostam um do outro. E eu tô falando dos dois*", olhei úmido para ele. Era a primeira vez que eu ouvia alguém dizer que achava que ela gostava de mim desse jeito. "*E é o último ano da escola pra vocês. Vocês já se conhecem há anos. Não tem mais razão nenhuma pra esperar. Você precisa fazer alguma coisa. Logo. E eu tô aqui pra te ajudar, se eu puder", e tudo parecia verdade. Mais do que eu esperava.

"É só tão complicado...", minha alma escapou pela boca.

"Ah, eu sei", completou, como um cobertor no frio. "Mas, se a vida é complicada, acho que, se não é complicado, não aconteceu de verdade."

x

Encarei a foto dela no celular por um tempo, deitado na cama. Eu me lembrava do dia daquela foto. Suas bochechas pintadas das cores do time da nossa sala. Uma amiga pintou o rosto dela. Ela pintou o meu. E ela gritaria meu nome duas horas depois, nas duas cestas que fiz contra a outra sala no jogo de basquete. Sua garganta gritaria outros nomes aquela tarde, mas ouvido nenhum ouviria do mesmo jeito.

Eu tinha quatro dias antes do seu aniversário.

Ela ainda deveria estar acordada, depois de ter dormido tanto no caminho. Escrevi, apaguei, repensei cada palavra, reescrevi e apaguei de novo, algumas vezes. Enviei de repente, como uma convulsão.

"*Oi...*

Já pensei demais e não existe jeito certo, eu acho.

Vou só perguntar, então.

Você ainda tá namorando?"

Descansei a cabeça olhando o celular apoiado na parede. Eu tinha coisas do aniversário dela para fazer aquela noite, mas não conseguia me mover naquela hora. Dava para saber que ela digitava e apagava quase tantas vezes quanto eu fiz. Pensei que aquilo que vibrava selvagem em mim devia ser o que sente o Coiote ao cair no abismo do Papa-Léguas. Ou a alma culpada na fila quilométrica do Juízo Final.

"*Oi...*

É complicado..."

XVII.

Enterrar Dante

    Pedi e repeti a ele, veemente e insistentemente, que não perdesse a conta. Os riscos na parede. O calendário. Manter aquele cálculo atualizado me era a mais antiga âncora à sanidade. Uma linha a me costurar com as engrenagens do resto do mundo habitado pela minha espécie. Uma porta que eu não saberia dizer por que ansiava em manter aberta, tendo ela sido fechada pelo outro lado. Mas havia conservado exemplarmente essa rotina desde que pisei no navio, no porto de Marselha. E durante os dias à deriva. E sozinha na ilha. E até ali, com ele.

    Mas tomei a faca depois do café da manhã daquele dia e caminhei até o canto da parede interna onde enfileirava meus quadrados simétricos apenas para perceber que o risco já estava lá. Olhei para trás e ele só sorria para mim ao lado da fogueira, mastigando uma raiz fumegante, com o outro primata no ombro. Eu havia conferido o primeiro dia. E o segundo. E o terceiro. Fingindo não conferir. Mas é curioso como novos hábitos tão rapidamente substituem os mais velhos. Acostumei-me à tentativa de confiar na sua lâmina.

    Desgraçado.

    Há meses tínhamos aulas de alfabetização dentro de casa antes do almoço, quando o sol era mais forte lá fora. Já conseguíamos nos comunicar bem o suficiente para nos entender em quase tudo, no idioma misto impenetrável a outros humanos que nós inventamos. Mas suspendi o ditado por um minuto para beber água e olhei para a parede. Percebi em poucos segundos que a contagem estava incompleta.

Desgraçado.

Arremessei a cuia molhada em sua direção, e ele desviou com a destreza de quem já passou por isso vezes demais. O macaco ao seu lado deu um salto embaraçoso e zuniu pela porta aberta. Eu lhe metralhava acusações sem a menor capacidade de lembrar se ele conhecia as palavras que eu dizia ou não. Muitas provavelmente lhe eram estranhas, diante dos olhos apavorados e confusos que ele me dirigiu nos meus primeiros gritos. Minhas mãos frenéticas apontadas para a parede devem ter denunciado o que eu tentava dizer.

Ele pediu desculpa muitas vezes. Ele sabia pedir desculpas. Inclusive com palavras. Falou algo sobre correr para guardar as coisas do quintal em uma chuva repentina depois de um café da manhã na semana anterior e ter esquecido por um dia, e se confundido, e preferido não tentar corrigir e estragar a contagem, e ter medo de me contar. Ou talvez tenha sido uma ave que alarmou a armadilha depois do café da manhã. Eu não estava realmente ouvindo.

Tentou se aproximar de mim algumas vezes. Eu o mandava sair de perto. Dizia que ele tinha estragado tudo. Que eu podia fazer tudo sozinha. Que ele não precisava me ajudar. Talvez tenha dito que preferia estar presa naquela ilha com outra pessoa. Que eu não ia aguentar a vida inteira ali só com ele. Disse.

Em certa altura ele percebeu que tentar dialogar era infrutífero naquela hora. Só escutou. Calado. Tudo. Tudo que eu não havia dito por meses. Tudo que eu não havia dito por anos. Tudo que eu não havia dito a vida toda. A todos os homens.

"Então você sempre foi só uma branca".

Foi tudo o que respondeu, a voz baixa como se esmagada sob os escombros do que cuspi, os olhos rígidos de um peixe vencido na areia. Então se virou lentamente e saiu.

Devo ter levado mais de uma hora para deixar a casa. Para levantar-me. Ele não estava em qualquer lugar de onde, da porta, eu pudesse vê-lo. Dei voltas cada vez mais longas ao redor, fingindo que fazia qualquer coisa importante que não fosse procurá-lo. Sentei-me na pedra que costumava ser a minha, ao lado da fogueira. O macaco sentou-se ao meu lado. Ele havia ficado. Gostava mais de mim do que do meu colega de quarto, por motivos que mesmo eu ignorava. Coloquei-lhe no colo e acariciei os pelos ralos da cabeça. Senti-me um pouco melhor dando carinho a alguém. Bem pouco. Estudei por muito tempo a cruz de madeira que ele havia feito no chão batido próxima à casa. Enterrara ali um punhal. Tinha sido um pedido do Professor, aparentemente. Eu deveria saber mais sobre isso. Deveria saber mais sobre tudo. Pus-me em pé apenas depois do pôr do sol.

Enquanto chorava na cama sozinha, ocorreu-me que não ficava sozinha há muitos meses. Não chorava há ainda mais tempo. Não depois do que fizeram com ele. Meu filho. Tinha sido a última vez. Pareceu-me haver algum acordo subdérmico tácito comigo mesmo de que nada ou ninguém mereceria uma lágrima depois do meu bebê. Fosse qual fosse o motivo, chorá-lo com os mesmos olhos seria uma oferenda idólatra à dor que me exigia devoção exclusiva.

Saltei da esteira no chão algumas vezes aos sobressaltos de ventos e macacos. Cruzei a noite. Sobrevivi a mim mesma. Levantei-me antes do sol e esperei em pé no meio do terreiro por alguma mudança visível no estado das coisas. O macaco não me acompanhou dessa vez, posto que preferira o calor de dentro de casa. Permaneci ali, em pé, até que todo o ar se dourasse aquecido. E ainda sozinha.

Desci metade do caminho morro abaixo antes de me dar conta da tolice que fazia. A ilha era muito grande. Ele poderia ter escolhido qualquer direção. Talvez nos desencontrássemos. E, ainda que eu miraculosamente o visse, não saberia bem o que dizer. Nada garantia que ele realmente decidiria voltar para casa comigo. Eu talvez não voltasse, se tivesse ouvido tudo que ouvi.

Subi de volta tentando entender os possíveis motivos que teriam me levado a perder o controle daquele jeito por uma razão que, passada a tormenta, considerei tão obviamente pequena. Tentando me entender. Talvez o calendário fosse minha definitiva ilusão de controle, e ele a tirou de mim. Talvez eu tenha mesmo transferido para ele todo o meu ódio encapsulado. Talvez eu tivesse raiva dele que sabotou meus planos de viver sozinha, sem medo da maldade de ninguém. Sem medo do amor de ninguém. E talvez ali, tempos depois, subindo a encosta, eu estivesse apenas advogando piedosamente a favor da minha estupidez desculpável.

Desculpas. Era o que eu precisava fazer. Pedir desculpas. Pelo que fiz. Pelo que vinha fazendo. Por quem tantas vezes vinha sendo. Há tanto tempo. Com ele. Sem advogações. Sem autopiedade. Só "me desculpa".

Por dedicar menos tempo a construir a sua esteira do que a minha. Por legá-lo todos os serviços mais pesados que, antes de você, eu fazia a todos. Por aprender menos do seu idioma do que você do meu. Por repetidamente recusar em casa seu amigo que ignora meu temperamento e agora me oferece a terapia generosa da sua companhia desinteressada. Por ouvir todas as suas histórias e não falar da minha mãe, da moça, dos contos de fada, do monstro, do padre, do tempo no navio, e à deriva, e da fera, e de antes de você. E do meu filho. Por ter arranhado seu ombro quando você lentamente tentou me beijar na fogueira.

Por não conseguir ver você só como você. Por não conseguir me ver só como eu.

Me desculpa. Me desculpa. Por favor.

Volta.

Volta para mim.

Volta para nós.

Volta para casa.

x

A porta rangeu pouco antes do pôr do sol, e me pus de pé com a faca na mão entre duas batidas do coração. Seis dias depois e ele estava ali, um passo do lado de fora. Deixei cair a faca. E os braços. Pedi desculpas. A passos lentos. Muitas desculpas. À meia voz. Era só o que eu conseguia dizer. E pensar. E sentir.

Ele apenas olhava para mim, na quase luz do terreno indeciso daquela hora. Todos os vários últimos meses já me eram bastantes para que eu conseguisse decifrar suas expressões, mas não aquela. Talvez fosse uma não expressão. Talvez ainda lhe restasse decidir como olhar para mim.

Paramos os dois, nos limiares próximos e opostos da porta. Próximos e opostos.

"Por que você demorou tanto?", perguntei, vulnerável como há tempo demais. Ele me entregou um pequeno pedaço de tecido. Olhei. Meu desenho de cavalo. Virei para a parede e só então percebi que ele não estivera lá todo esse tempo. Voltei a encarar seus olhos, confusa.

"*Feliz aniversário*", respondeu, tirando seu corpo do caminho com passos para trás. Saí de casa e logo o vi, ao longe. Um cavalo selvagem, solto no terreiro do nosso pequeno Olimpo. E o macaco que ao seu lado lhe estudava. "*Demorou um pouco pra domar*", tentou continuar. Não deixei sua boca falar.

Beijei suas dolorosas cicatrizes negras. Beijou minhas dolorosas cicatrizes brancas.

Beijei tudo.

Tudo beijou.

O sol nasceu para nós.

x

"*Refeito retornei da onda santa, como de novas folhas, ao rompê-las de sua ramagem, renova-se a planta: puro e disposto a subir às estrelas. Dante, A Divina Comédia*[36]", ele declamou depois do silêncio ofegante, em um perfeito Francês, acariciando minhas costas, enquanto eu repousava em seu peito.

"*Como assim?*", levantei o pescoço.

"*Eu só queria dizer alguma coisa muito bonita pra você. E essas são as palavras mais bonitas que eu conheço*", e sorria com a voz.

"*Você decorou...*"

"*Elas tavam ali, na parede, esse tempo todo. E eu não tenho muita coisa pra treinar leitura. Só não sei se eu entendi direito o que elas querem dizer.*"

"*Ah, eu também queria lembrar melhor. Foi um padre que escreveu pra mim. Ele tentou me explicar, mas eu não tava ouvindo direito. E eu não consegui perguntar depois. Foi a última vez que eu o vi. Depois dele me salvar de ser morta como uma bruxa*", e a cada frase eu sentia seu peito se mover sob mim, como se tentasse alcançar os olhos que eu escondia.

"*Meu Deus... você nunca... eu falei tanto pra você...*", disse-me, a voz trêmula.

"*Eu sei. Desculpa. Desculpa*", repetiram minha voz e minhas mãos. "*Só me desculpa. Você tem razão*", foi como desisti de justificar-me.

Aconcheguei-me mais sobre ele do que sobre a esteira. O sol tentava nos convencer de alguma coisa que estávamos ocupados demais para escutar. Por um longo tempo movemo-nos apenas o suficiente para tocar o outro.

---

[36] Originalmente publicado por Dante Alighieri em mil quatrocentos e setenta e dois.

Permanecer ali, tão quase imóveis, era como um protesto ao tempo que passava. Ao tempo que perdemos. Ao tempo que não queríamos perder. Mas eu tinha muito a dizer. Tudo que me veio naqueles seis dias. E nos últimos sessenta minutos.

"*Você não precisa ficar*", falei, sentindo dor.

"*O que você quer dizer?*", senti as palavras vibrarem seu peito sob mim.

"*Só tem nós dois nessa ilha. Mas eu não quero que você se sinta obrigado a ficar comigo. Por favor*", tive medo de levantar os olhos. "*Eu quero você livre. Livre para sempre*", senti, falando dor. Ele alforriou o suspiro mais longo que eu já ouvira.

"*Menina...*", chamou-me. "*Eu sempre fui livre.*"

Calei sobre o que ele disse, por um tempo. Ele realmente me contara toda a sua história. E era verdade. Ele era mesmo essa alma livre que ninguém podia calar. Que conversava com todas as coisas do mundo. Se lhe esquecessem à noite em um poço, ele faria da sombra da lua um amigo.

Ele era mesmo livre. Sempre.

"*Como é o nome dele? Do cavalo*", enfim deixei de resistir à pergunta.

"*Do seu cavalo?*", esticou meu prazer.

"*Do meu cavalo*", gotejei.

"*Ele não tem nome*", resumiu.

"*Ah, pode dar. Eu já tenho ele. O nome pode ser seu*", imaginei estar sendo gentil.

"*Não, não é isso. Eu só aprendi uma coisa, um dia. O Professor me disse. Que às vezes a gente dá nome pro que já existia antes de nós pra tratar como se fosse nosso. Mas não é. Nem vai ser. Nós e todo o resto somos partes iguais do mesmo todo. Ninguém é dono de nada. É como fincar uma bandeira num chão que a gente não aterrou*", falava sem preocupação, como sempre gostou de falar.

"*Entendi. Eu acho*", ou talvez só não quisesse pensar muito. "*Eu sou a primeira da família a ter um cavalo. A primeira*", esforçava-me para me convencer da realidade. "*Queria ter conhecido o Professor*", falei de olhos fechados, pensando pouco.

"*Ele ia te achar branca demais. Feia demais*", e ria contido.

"*E você não ia dizer nada me defender?*", perguntei, fingindo alguma raiva.

"*Não. Eu ia te amar.*"

Eu estava estranhamente pronta para isso.
Perdemo-nos um no outro mais uma vez.
Cansamo-nos um no outro outra vez.
Respirei todo o ar da ilha de uma vez só. Exausta e descansada.
"*Perdoe, filha. Perdoe*", a voz do padre ricocheteou dentro de mim.
Tudo estava perdoado.
Eu tinha amor.
Meu amor por mim.
E não me sobrava espaço para mais nada.
"*Eu preciso da sua ajuda*", eu disse para o teto de folhas apertadas.
"*Sempre. Qualquer coisa.*"
"*Preciso enterrar Dante.*"
"*Dante?*"
"*Sim*", respondi, com uma garganta de pedra e uma língua de carne.
"*Meu filho.*"

XVIII.
Cortejo aos vivos

O rasgo naturalmente suturado das garras daquela ave noturna vez por outra ainda me fisgava a cintura, mesmo tantos anos depois. Especialmente quando perfazia grandes distâncias mata adentro, como naquela hora. Todas as vezes em que esquecia-me de não mencioná-la, a jovem senhora repetia que aquela dor era mais coisa da minha cabeça. Que eu pisava a mata e lembrava-me da primeira vez, de como quase morri, e então me voltava tudo, de dentro para fora.

Eu preferia pensar que era outra coisa. Dentro para fora, sim. Mas não uma coisa da minha cabeça. Uma coisa do meu espírito. A floresta em mim, pulsando mais forte quanto mais eu obstruía suas entranhas. A floresta que passou a me habitar a cada fruto seu que comi. Que salvaram minha vida. E que, por isso, vivem em mim. E vivo por ela. E vivemos juntos. Partes do mesmo todo.

O Professor repetira essa aula algumas vezes, mas por melhores que tenham sido, foram palavras. Eu realmente entenderia as partes e o todo muito mais depois, nos meninos e meninas que cruzavam a mata comigo e com ela, aquela manhã. Era a primeira vez que fazíamos essa travessia todos juntos. Eu tampouco a fizera sozinho no último par de anos. Cruzar a linha dos cinquenta anos me foi mais transformador do que eu honestamente esperava. E sabia que já a passara alguns anos, por mais vezes que tenha perdido a contagem.

Antes de realmente empreendê-la, a jornada pareceu-me igualmente descabida e repleta de sentido. A mais velha das meninas a sugeriu. Pararam todos juntos diante de nós no fim de uma tarde quente e falaram como se a ideia tivesse chovido dos céus sobre todos, uma noite, em algum sonho convenientemente democrático. Estavam ensaiados demais. Eu sabia que primeiro tinha sido ela. Parecia demais com a mãe para não ter sido.

Estava certa, porém. Todos estavam. Enquanto a mãe empurrava-lhes do seu primeiro mundo, fui eu sempre os braços do segundo, o primeiro a visitar os olhos trêmulos de cada um deles, em todos os partos. E atropelou-me todas as vezes, silenciosa e poderosamente, a sensação formigante de que tudo em mim era pequeno demais para tanta explosão de vida que segurava nas mãos. O mundo era. A ilha era.

Eles tinham razão.

Precisavam ir.

A mãe lidou com a notícia melhor do que eu. Na frente de todos, dissemos apenas que íamos conversar entre nós. Entre nós, pouco conversamos. Chorei pela noite como doze crianças. Ela consolava-me como doze mães.

Agora eles desviavam dos troncos e raízes com alguma dificuldade, equilibrando nas costas grandes fardos de suprimentos e nas cabeças os barcos que construímos juntos, duas cabeças por barco. Era como seria. Foi nosso último projeto juntos. Obviamente. Enquanto amarrava os bambus da primeira embarcação com uma das meninas do meio, percebi que há muito não tínhamos projetos em comum. Discutíamos pouco e morávamos todos juntos, sob copas de árvores vizinhas ao redor do mesmo velho terreiro. Quando não coubemos mais entre as primeiras quatro árvores, erguemos juntos a segunda casa. Quando já tinham idade para que o fogo fosse uma ameaça menos mortal, cozinhamos juntos. Quando não tinham mais intenção de lamber as agulhas, costuramos juntos. Quando seguraram penas com delicadeza, escrevemos juntos. Quando as pernas cumpriram o arco, cavalgamos juntos. Quando entenderam a sacralidade do ciclo alimentar, caçamos juntos.

A essa altura, porém, o mais novo já tinha quase a nossa idade quando chegamos. E estava mais à vontade ali do que nós, que havíamos sobrevivido mesmo assim. Era o único mundo que conhecia. Ele não precisava mais de nós. Era o único mundo que conhecia. Ele precisava ir.

Nossos juntos acabaram, então. Silenciosamente e sem brigas, como uma amizade de infância. E eles perceberam, na sufocante rotina circular do cotidiano. Nós ao menos tivemos uma quase outra vida antes dali. Não nasceríamos e morreríamos a um palmo de distância. Era justo que eles fossem. Era cruel que eles fossem.

Por mais vezes que tenha descido o barranco da colina e revisitado as sombras fechadas daquelas folhas molhadas, nunca tinha cruzado a linha da metade do dia, desde a primeira vez. Sempre voltei para dormir em casa. A não ser pelas seis noites que levei para encontrar, domar e levar o cavalo dela, trinta e cinco anos antes. Agora dormiríamos ali, mais uma vez. Todos juntos.

Dividimo-nos sob os cascos dos barcos virados ao redor da fogueira no pequeno campo que abrimos, cobertos de peles de caça, as cabeças sobre nossas bolsas. O pequeno campo que eles abriram. Ali, abraçados no escuro, ela me contou da primeira noite em que tentou dormir sob seu barco, à beira da praia, quando chegou. E rimos de insetos demoníacos. Esgotados da longa caminhada, sobrava-nos apenas o mínimo de força para comentar como era curioso que ainda tivéssemos assunto, depois de tanto tempo. Como os dias eram todos parecidos e igualmente novos. Tão comuns e extraordinários. Como o milésimo voo de um beija-flor.

Beijamo-nos como adolescentes, enroscamo-nos como adultos, dormimos como velhos.

Demoramos a deixar o casulo. Os dedos finos do sol e os assobios incansáveis da floresta esquivavam-se das ripas do casco e há tempos já tinham nos despertado, mas em silêncio concordamos em não nos mexer. Não dissemos nada. Não trocamos olhares. Talvez assim o tempo daquele último dia inteiro ignorasse o ofício de trilhar nossa existência.

Era o último dia. Nossos filhos iriam embora.

Apenas nós outra vez.

E a floresta.

E a memória.

E o riso.

E o espaço.

E o cheiro.

E o buraco.

E a roupa.

E o silêncio.

E o brinquedo.

E a sobra.

E o desenho.

E as horas.

E a letra.

E todas as outras futuras infinitas versões de um novo nada.

Apenas os galhos rachados sob nossos pés conversaram entre si, pelo resto do caminho. E os narizes molhados.

Chegamos na praia no fim da manhã. Pescamos. Preparamos. Almoçamos. Caçamos. Colhemos. Estocamos. Arrumamos. Ensacamos. Amarramos. Jantamos.

"*Amanhã vocês vão sair bem cedo*", disse, quando não engoli minha última porção. "*Não podem se atrasar. Precisam aproveitar cada minuto de sol, como combinamos*", falava, como uma voz que encontrou a curva de um atalho por fora do peito. "*Todos deveriam dormir cedo hoje*", sugeri, contra toda a possibilidade. "*E por isso é melhor a gente falar tudo que a gente quiser agora. Se despedir*", e o comandante desvanecia.

A mãe olhou para mim, igualmente agradecida e apavorada. Os meninos e as meninas abandonavam seu jantar um após o outro, ao redor da fogueira, os queixos caídos incapazes de engoli-lo. Seus olhos faziam perguntas apenas aos próprios narizes. Apenas os galhos estalando entre as chamas conversaram entre si, por tempo demais. Então ela pôs-se de pé em um único movimento, feito o reverso de uma árvore que cai.

"*Eu matei um homem*", falava resoluta, como uma briga que repetidamente ensaiara ganhar de si mesma. Preferi não olhar para os rostos deles ao ouvirem isso. Queria que ela tivesse olhos seguros nos quais ancorar. Lembrei-me de ter um dia pedido a compreensão de Deus por haver sufocado o amor em mim por muito tempo. Por saber que amar é querer ter, e eu não podia ter nada. Ali, tanto tempo depois, ainda era difícil acreditar que eu e o amor havíamos feito as pazes. Eu e Deus, que dava no mesmo. Pensei enquanto olhava para ela. Para sua pele branca pontilhada de sol. Para seus cabelos grisalhos. Para seus olhos fundos. Para seus lábios desenhados. Para seu espírito poderoso. Para a maior sorte que um homem jamais teve. O tesouro jamais perdido em qualquer ilha. Meu coração no peito da vida. "*Nunca soube o seu nome. Ele tentou abusar de mim. E eu já tinha sido abusada antes, quando eu era mais nova do que todos vocês. Um homem me forçou. O dono de uma mulher triste. Um bicho. Uma besta. Seu nome não será dito ou lembrado. Ele me engravidou. E tirou seu irmão de mim. E então tirou sua vida*", derramava palavras como as lágrimas que não tinha mais. Permanecia na mesma posição, de pé, impassível, os dedos entrelaçados ao fim dos braços esticados. *"Nunca havia contado realmente tudo sobre mim. Agora vocês sabem tudo sobre a mãe de vocês. Quase tudo. Tanto quanto bons filhos sabem sobre boas mães"*, e só então comecei a entender onde ela pensava chegar. *"Vocês vão achar um lugar. Conhecer um mundo maior. E um dia contarão sua história. E a sua história é a minha"*, continuava, como um livro vivo. *"Vou fazer-lhes um pedido. Um, acima de todos os outros. Não falem de nós por aí. Não façam da nossa vida uma história de jornal. Nenhuma vida deveria ser uma história de jornal. Jornais enrolam peixes. Jornais aquecem cachorros. Jornais vão para o lixo. Eu já estive lá. Não é o que eu quero"*, e eu já podia ouvir as crianças e suas gotas arranhando as bochechas. *"Não preciso de um romance que fale de mim. Encontrem um ouvido. Um só. Que ouça de verdade. Que realmente queira conhecer vocês"*, e seus olhos passeavam por todos eles. *"A gente vive com alguém para ser conhecido. Para alguém saber que a gente existiu. Que a gente foi diferente de todo mundo. Todo mundo é. Só que nem sempre tem alguém prestando atenção de verdade na gente"*, e enfim olhou para mim, como uma montanha encara um náufrago. *"Eu não achei que isso existisse. Mas existe. Às vezes só leva um oceano para encontrar"*, falou, como se só para mim. *"Quando encontrarem essa pessoa, contem dos seus pais, que amaram vocês o suficiente para deixá-los ir. Falem de nós. Deem um nome. Um nome a lembrar. Pelo qual rezar. A memória viva de um vivo"*, e eu sentia que ela já queimara as forças que não tinha. *"O nome dele era Dante. Seu irmão"*, quase murmurou, as mãos espalmando a barriga eternamente vazia. Parecia ter mais a dizer, como qualquer mãe, mas esforçou-se para sentar-se lentamente, como se seus pés impedissem a ilha de sair voando.

    Tornei os olhos para eles e elas, então. Todos choravam, e não seria diferente. Eu havia sido o primeiro. Se algum deles pudesse, talvez estendesse os olhos para mim, esperando que eu fizesse como ela. Sabia, contudo, que não era capaz. Ou quem sabe fosse. Talvez apenas não quisesse. Queria ouvir. Abraçar. Cheirar. Chorar. Mas eles mereciam os últimos sons de um pai. De um professor.

    "Encontrem um chão. E nos plantem". E voltei a me sentar. Nem mesmo era capaz de saber se algo em mim fazia sentido. Encarei as sombras do fogo tremulante sobre a areia por não sei quanto tempo. Lembrei da mãe que não conheci dançando ao som de tambores. Foi quando ouvi a voz do meu filho mais novo.

"*Cavalinho, cavalinho...*", cantarolava inseguro a canção de ninar de todos eles.

"*...corre solto por aí...*", um a um punham-se de pé e ressoavam seus pescoços molhados.

"*...aproveita a liberdade...*", dei a mão à mãe, que banhava o peito como após cada parto.

"*...nunca deixes te prender...*", uma das meninas cantava e caminhava lentamente em nossa direção.

"*...a não ser que seja eu...*", logo todas a acompanhavam, como um cortejo aos vivos.

"*...que só queira dar carinho...*", e então o calor estava ao nosso redor.

"*...nesse dia, cavalinho...*", quase não cantaram.

E nos abraçamos perdidamente.

x

À primeira luz injusta da manhã, caminhei até a mais velha. Todos os abraços e beijos e carinhos e suspiros e silêncios já haviam sido dados no escuro. Apenas tirei da bolsa a garrafa azul que sobrevivera a todos esses anos e entreguei a ela.

"*O que é isso, pai?*", algumas das poucas palavras que ouvi aquele dia.

"*Eu envelheci. E escrevi para me lembrar. Você também vai envelhecer. E vai ler para lembrar*", algumas das poucas palavras que disse aquele dia.

"*É toda a sua história?*"

"*Nenhuma história é toda a história, filha*", e não era o que eu queria dizer. "*Talvez nem seja bem uma história. Eu não falo de tudo. Como das coisas que a sua mãe falou ontem. É só a declaração de amor de um escravo livre por uma bruxa santa*", era o que eu queria dizer. "*Só um jeito de gritar meu amor para o mundo*", e dei-a a carta envolvida em vidro envolvida em abraço.

Os seis barcos apartaram-se em diferentes direções. O mais novo e o mais velho em cada barco.

Ficamos ali, sentados na areia. Virando areia. Até eles virarem estrelas do horizonte.

Deitamo-nos sob as do céu aquela noite, cobertos de peles, em volta da fogueira. Não choveria, e sabíamos. Há meses negociávamos isso com o Deus das tempestades.

Estávamos um ao lado do outro, mas não conseguíamos nos abraçar. Não saberia dizer a razão. Talvez precisássemos ficar sozinhos.

Segurei seu indicador com o meu.

"Você não me disse que tinha escrito alguma coisa", suas palavras subiram no ar como a crina de um cavalo veloz.

"A garrafa?"

"É. Eu nem sei o que você escreveu lá", reclamou sem reclamar.

"Eu decorei."

"Decorou? Tudo?", ela parecia não acreditar.

"Decorei. Eu escrevia na minha cabeça toda noite. Antes de dormir. Enquanto eu pensava em como eu tinha sorte. Ou em que existia mesmo um Deus.", respondi.

Li para ela a carta dentro de mim. Ela me abraçou no começo. Ela me fez carinho no meio. Ela me beijou no final.

Voltamos ao silêncio das estrelas. E eu a abracei para sempre como um planeta preso ao sol.

"Repete o que o padre me escreveu, por favor", ela me pediu.

"Refeito retornei da onda santa, como de novas folhas, ao rompê-las de sua ramagem, se renova a planta: puro e disposto a subir às estrelas."

"Eu lembrei o que é", disse, segura.

"Lembrou? Depois de tanto tempo?"

"Lembrei. Olhando as estrelas."

"Me conta, por favor", pedi.

"É sobre um homem que vai para o inferno e depois faz o caminho para o Céu. E uma hora ele mergulha em dois rios. Um rio faz ele esquecer seus erros. Outro faz ele lembrar seus acertos. E ele bebe as águas. E sai delas puro e disposto a subir às estrelas. São as últimas palavras dele antes de ir para o Céu. Foi o que o padre me disse", e eu sabia bem quando ela sabia bem o que dizia.

"Eu nem precisava de tudo isso para achar as palavras mais bonitas que eu já ouvi", confessei.

Ela quase sorriu. E então me perguntou.

"Quer saber como eu acho que vai ser o Céu?"

XIX.

Achados e perdidos

Após a terceira volta na sala, finalmente encontrei meu relógio novo no pescoço do garrafão de vinte litros de água mineral que eu havia enchido de Coca-Cola. Não que eu precisasse dele para saber a hora, mas uma parte muito grande de mim ainda considerava importante demais manter uma precisa composição de visual. Reafirmar nele que horas eram reafirmou meu nervosismo, contudo. O professor e a doutora deveriam chegar em cinco minutos. Cinco minutos. Com ela.

Prendi o relógio ao pulso e me sentei na exata cadeira que planejei para mim, então. Abri o bloco de notas do celular onde havia escrito as palavras que não podia esquecer de dizer a ela. Quatro minutos. Rapidamente reli tudo pela ducentésima vez, absolutamente confiante de que esqueceria a metade delas. Três minutos. Guardei o celular no bolso da calça nova. Respirei fundo. Os dedos congelavam e a barriga esquentava. Dois minutos. Viajei os olhos pela sala que havia preparado na última tarde, com os presentes que havia preparado nos últimos meses.

Estava tudo lá. Os brincos. O livro. A pulseira. A camiseta. O anel. O cachorro de pelúcia. O cordão. A capa de celular. A almofada. O abajur. O chocolate. Uma foto dela que eu tirei escondido em um ângulo inusitado. A carta. O violão para eu tocar uma das únicas quatro músicas que eu aprendi. O *data show* preparado para o filme. A pipoca. E vinte litros de Coca-Cola delicadamente transplantados de vinte garrafas de vidro de um litro. Dezessete presentes para seus dezessete anos. Um minuto.

Não. Não. Não... subitamente me pareceu demais. Tudo. Muito. Muita coisa. De uma vez só. Ela ia ficar assustada. Ela não ia gostar. Ela ia sair correndo e chamar a polícia.

Não. Eu é que estava demais. Sentindo tudo demais.

Ou não. Não tinha como saber.

Eu só não iria mais esperar. Para ter certeza. A minha certeza sobre mim precisava respirar fora do meu peito.

Chegou a hora. E ela não chegou. O professor não chegou com ela.

Tudo bem. Um pequeno atraso. Normal. Acontece. Eu não dormira horas suficientes nas últimas noites, pensando e preparando tudo. E estava nervoso. Mas eu podia esperar. Não olharia mais o relógio.

Olhei o relógio.

Tirei o relógio do pulso e o celular do bolso, cruzei o vão central que esvaziara da sala e depositei-os ao lado do controle do ar condicionado, sobre a mesa. Voltei ao meu lugar.

Não havia mais o que eu pudesse fazer. A não ser falar com Deus, talvez.

Falei com Ele. Apoiei os cotovelos nos joelhos, abaixei a cabeça e falei com Ele. Pareceu de bom tom me desculpar pelo silêncio dos últimos dias. Senti também que deveria agradecer-Lhe pela viagem do sábado e pelo banco de trás. E por ter conseguido chegar até ali, em toda aquela preparação. E pelo professor estar se arriscando ao me conseguir essa sala da escola sem ninguém saber, além das outras coisas. Então parei por um momento, como o paraquedista antes do salto. Dali para frente, não tinha certeza das palavras certas para usar com Ele. E me dei conta. De que sempre estive preocupado com as palavras certas para usar com ela, também. De que ela sempre teve razão. De que eu quero tudo muito certo. De que tanta certeza nunca vai chegar. De que não há um só dia de ângulos retos nessa vida sempre tão naturalmente complicada. E de que amar é sempre um risco. E talvez meu silêncio tenha sido minha oração mais sincera.

Então o professor abriu a porta. E a doutora. E ninguém mais.

Ela ficou do lado de fora, a expressão grave da repórter que interrompe a programação. Ele andou até mim em silêncio. Puxou uma cadeira. Sentou-se na minha frente.

"*Desculpa, cara*", falou, tocando minha mão. "*Desculpa, mesmo. Eu tentei*" e, mesmo sem saber a razão, mil cataratas transpassaram meus ombros. "*Eu fui na casa dela, mas ele tava lá. O outro cara. E eles tavam conversando na calçada*", e era como se seus olhos pedissem desculpas pelo que a boca me fazia. Eu via. E não melhorava nada.

"*Você falou da garrafa?*", perguntei, perdido.

"*Falei, falei. Que as gêmeas tinham traduzido um monte de coisas. E eu queria mostrar*", respondei, freando.

"*Você disse que eu tava aqui, também?*", e imediatamente reconheci como minhas perguntas eram patéticas. O professor tirou a mão da minha e suspirou pesado.

"*Falei*", encarou a própria resposta de uma vez. "*E ela pediu desculpas. Falou que depois falava com você. Desculpa, cara. Tá tudo muito incrível aqui*", tentou alguma estratégia, olhando em volta.

Eu não estava realmente ali. Não mais o via ou o ouvia verdadeiramente. Talvez não fosse dramático como um tipo de morte e uma vida correndo diante dos olhos, mas era um tipo de acidente e muita coisa atravessou meu cérebro em um pulso.

A primeira vez que a vi, no fim de uma aula, sob o sol. Era o mundo e a noite ao avesso e a estrela no chão.

Sua voz no telefone só para mim. Um edredom na minha alma.

Seu cheiro nos meus dedos. Revéillon nos meus pulmões.

Sua letra em meus papéis. A pintura na parede da caverna de mil futuros.

Mil futuros, repeti para mim mesmo. Mil futuros possíveis, pensei. Ainda era possível, convenci-me, como um bobo. Sussurros de um eu futuro, eu quis acreditar. Minhas artérias começaram a vibrar.

Nada que eu fizesse dali para frente poderia ser mais louco ou ridículo do que já era até ali. Mais ridículo do que é qualquer carta de amor.

Desistir agora seria morrer na borda da ilha por medo de encarar a floresta.

O sangue e o brilho me voltaram aos olhos quando os virei ao professor.

"*Todo conto de fadas foi escrito por alguém real que acreditava em finais felizes. Todo romance foi escrito por alguém real que acreditava no amor*", minha avó repetiu, sussurrando ao meu eu passado, antes de algum boa noite infantil.

"*Eu vou lá*", eu disse, de pé, enquanto ainda me fervia o sangue.

"*Como é?*", perguntou, confuso.

"*Eu vou lá agora, professor*", falei, a caminho da porta.

"*Calma, eu te levo*", e já se levantava.

"*Não, não, professor. Obrigado. Mesmo. Muito. Por tudo. Mas eu não posso chegar lá no banco do carona do professor pra fazer o que eu vou fazer. Não dá*", e abri a porta, com pressa. "*Você pode só esperar mais um tempo aqui na escola, por favor?*", perguntou a maior fé que já tive na vida.

"*Eu... tá... posso, sim... ficar trabalhando na sala dos professores...*", tentava colar os pedaços no ar.

"*Eu nem sei o que dizer, professor. Não dá pra agradecer*", e eu já colocava um pé fora da sala. Vi a doutora sorrir para mim com o olhar condescendente da nova mãe de um cachorro adotado. Parei por meio segundo. Voltei. "*Professor?*"

"*Fala*", caminhava lentamente em direção à porta, as mãos no bolso, começando a sorrir.

"*O que ia acontecer no mundo se na mesma noite todos os apaixonados fizessem uma loucura?*", temperei o sorriso com uma piscada, sem tempo de conferir se ele me entendera.

Corri pelo saguão principal da escola, como na cena final de um filme romântico. Talvez chovesse quando eu chegasse lá e dissesse tudo na frente dela. Precisava chover.

"*Ei! Não, não, não, não, não*", o inspetor surgiu na minha frente, de alguma profundeza. "*Você sabe que não pode, amigo*", aumentou a voz, os braços tediosos bem abertos.

"*Seu Coisinha!*", aproveitei sua envergadura para abraçá-lo. "*O senhor já se apaixonou? Já amou alguém de verdade? Já quis chutar a Lua feito uma tampa pra ver se esconderam dentro dela a palavra pra isso que tá no seu peito?*", metralhei sem pensar, segurando seus ombros.

"*Eu... é... acho que...*", foi tudo que conseguiu dizer, esticando o pescoço para trás.

"*Me deixa correr!*", quase gritei, cada vez mais longe.

x

Meus pés mal tocavam o chão enquanto cruzava o estacionamento. Cavalguei o vento como só fazem loucos e amantes. E loucos amantes.

Deixava escapar uma risada a cada dúzia de passos. A não ser pela presença do meu pai e a cura do meu irmão e da minha avó, jamais quis tanto qualquer outra coisa como naquela hora. Como ela. Como ter mais do que já tínhamos tanto. E, por um instante, senti uma felicidade antecipada por mim mesmo. Podia dar tudo ridiculamente errado. Mas eu estava ali. Arriscando. Correndo. Indo.

Amei a mim mesmo sobre aquelas calçadas.

Eu não tinha planos. Não tinha uma lista no celular do que eu queria dizer para ela agora. Não fazia ideia do que eu ia fazer se ele ainda estivesse lá. Não fazia ideia do que eu ia fazer se ele não estivesse. Nunca estive tão frágil, pensei. E, contra qualquer razão, senti-me tão forte quanto mais vulnerável me permitia.

De longe, vi minha última esquina. Cruzei a última avenida. Meu peito pesou como uma âncora de ansiedade e medo. Não quis querer parar. Mas quis. Então me venci. Corri ainda mais.

Fiz a última curva e ela estava lá. Vi o carro. E ele. Ela me viu. E ele.

x

"Meu Deus... o que foi? Aconteceu alguma coisa? Tá tudo bem?", ela me perguntava, preocupada, como se eu conseguisse responder qualquer coisa. Parei com uma mão no joelho e a outra na barriga, que me fisgava como o diabo. Fiz que sim com a cabeça, olhando para ela. Olhava só para ela.

"Eu... preciso aprender... a beber mais água", foram as piores primeiras palavras.

"Você conhece ele?", perguntou o sujeito de braços cruzados, encostado no carro. Foi o que quase vi, quase olhando para ele.

"Conheço, sim. Muito. Você quer água? Eu posso pegar", ela disse, a mão no portão.

"Não!", levantei o corpo, fingindo me recompor. *"Não, obrigado. Não agora. Por favor"*, como um cavalheiro. Respirei em silêncio como um professor de Yoga, olhando para ela. O vento mais forte do fim da tarde me ajudava, por um lado. O ar começou a ficar desconfortável, porém.

"*Eu não apresentei vocês ainda, né. Bem... esse é...*", como uma dama.

"*Não, não precisa*", interrompi. "*Eu sei quem ele é. E eu vim falar com você, não com ele. Desculpa*", foi quando olhei para ele por um instante, fingindo desculpas educadas.

"*Como é que é, mano?*", e descolou do carro, lentamente. Preferi ignorar o que quer que viesse dele. Dei um passo para mais perto dela.

Linda, como nunca se esqueceu de ser.

"*Ninguém traduziu nada*", comecei a confundi-la. "*Quer dizer, não sei se traduziram. Mas eu pedi pro professor dizer que sim. Eu combinei com ele. E a doutora veio pra você não ir pra escola no carro só com ele. E porque o professor queria uma desculpa pra ficar com ela*", então senti a mão dele no meu ombro.

"*Amigo, com licença*", entrou, com alguma educação. "*Não sei o que tá rolando, e eu quero entender*", continuou, olhando para ela, "*mas agora a gente tá conversando. Isso aqui não tá legal*", com a expressão de quem se arrepende de um prato que acabou de provar. Eu não tinha a menor intenção de parar.

"*Eu preparei uma sala pra você. Nossa sala. Na escola. Com dezessete presentes*", derramei. Senti a mão dele involuntariamente apertar meu ombro antes de soltá-lo.

"*Você fez o quê?*", ela perguntou, e era difícil saber onde em seu rosto terminava o susto e começava a vergonha.

"*Quem é esse cara?*", ele perguntou para ela. "*Seu aniversário é amanhã*", declarou, como um vencedor.

"*Claro que é. E eu quis ser o primeiro. Porque no Japão já é amanhã*", e tentava entrar nos olhos dela. Que agora começavam a sorrir sem querer. "*Eu sei que o aniversário dela é amanhã. Eu sei muita coisa*", continuei, indo um pouco longe demais. Eu e ele olhamos um para o outro em silêncio por segundos embaraçosos. Um trovão por minuto soava lá fora.

Não olhei para ele com raiva. Talvez ele gostasse dela. Talvez. Era difícil não gostar dela. Mas gostar não era o que eu sentia. Era uma força da natureza. Era mil trovões por segundo soando aqui dentro.

Ela ficou calada. Sem reação. Ele desistiu primeiro de olhar para mim. Por pouco.

"*O que que você quer?*", ele se virou para ela, as mãos na cintura. "*Você não fala nada, não explica, não manda ele embora. E a gente não termina de conversar... e esses presentes aí. Essa história. O que é que você quer?"*, perguntava, impaciente. Ela olhou para nós dois, segurando as grades do portão.

"*Eu não quero isso*", e girava uma mão no ar à nossa frente. "*Eu só quero fazer o que é certo...*", sua voz abaixava com os olhos. Dava para ver. Aquilo não estava bom para ela. O que eu estava fazendo. Eu não queria ela desse jeito. Sentindo alguma dor. Eu não precisava pensar muito para saber o que fazer.

"*Eu vou*", respondi. "*Eu não quero ir, mas não quero ver você assim*", e ela levantou os olhos. "*Eu vou*". Andei dois passos de costas, olhando para ela, na esperança de que ela de algum jeito entendesse em silêncio tudo que eu gritava. Virei as costas para eles e dei mais um passo no abismo da dúvida.

"*Até que enfim, mano. Vai lá*", foi o que ele disse, engrossando as vogais, vitorioso. Alguma coisa me parou. Não. Não podia ser assim.

Virei outra vez. Com as mãos no bolso. Voltei os passos calmamente. Eu não iria brigar. Não era essa a pessoa que eu queria ser para ela. Ou para mim. Parei uma última vez na frente dele. Suspirei e falei-lhe, sem raiva.

"*E vumbi*".

Ele franziu a testa e apertou as sobrancelhas.

"*Como?*"

"*E vumbi*", repeti, com um meio sorriso.

E então ela explodiu o silêncio na risada mais deliciosa. Soltou as mãos do portão e descansou-as sobre os joelhos, incontrolável.

"*Que porcaria é essa?*", ele perguntou de braços cruzados, piorando a situação.

"*E vumbi*", respondi sem respondê-lo, dando de ombros. Não ri como ela, por compaixão. Ele parecia se sentir nu em um pesadelo.

"*Desculpa... por favor... eu não queria....*", ela tentava dizer a ele, secando as lágrimas.

Ele me olhou como um lobo acuado.

Olhou para ela como um cachorro ferido.

E entrou no carro. Vi de relance um embrulho prateado no banco de trás.

"*Você achou que as fotos tavam erradas*", ela lhe disse pela janela aberta, dando um passo à frente. Dei um passo atrás. Ninguém ria mais.

"*Que fotos?*", ele perguntou, cansado de estar confuso.

"*As fotos na parede. Do meu quarto. Você achou que tavam erradas*", falou, como se enterrasse um amigo. Ele não parecia saber o que responder.

"*E não estavam? Você nunca disse que não estavam*", tentou a metade dele.

"*Eu nunca disse muita coisa. Você nunca perguntou. Nem entendeu. Me entendeu*", respondeu, olhando para o chão.

"*Isso tudo não pode ser por causa de uma foto cortada. Não é p...*"

"*Tchau*", foi sua última palavra para ele. Sem raiva. E doeu em mim, por algum motivo.

Ela não quis ver seu carro indo embora. O fim da tarde começava a mudar as cores do mundo.

Mudavam as cores do mundo.

x

Ela recostou no portão, outra vez. Um vento forte valsava seus cabelos, como se enfim me chamassem para dançar. Mas eu não podia. Não iria tentar. Não tão longe. Não agora. Não era o crepúsculo de sonho que eu sonhara para esse momento. Ou talvez ele não existisse. Talvez os mais bonitos raios de luz do crepúsculo não tracem ângulos retos.

"*Me desculpa*", era a verdade que eu precisava dizer. "*Eu não sei se foi tão certo eu vir aqui, assim, agora*", continuei, aproximando-me em curtos passos tímidos. Ela olhava para cima, o céu dos cinzas cobrindo amarelos e azuis. "*Eu só... eu esperei muito tempo pra fazer qualquer coisa com você. Por não saber se era o certo. Se era a hora. E eu acho que eu só aprendi a parar de esperar a vida me dizer tudo bem explicadinho*", foi quando ela olhou para mim. O lago mais doce que jamais mergulhei.

"*Acho que eu preciso pedir desculpa pra você, também*", falou, suave. "*As coisas ficaram meio bagunçadas com nós dois nos últimos dias. Nas últimas semanas. Meses. Anos*", desembrulhava mais sinceridade a cada frase.

"*É. Ficaram, sim*", concordei. "*Mas... eu não sei. Acho que eu gostar tanto da sua bagunça me fez entender mais a minha*", encostei do lado dela, no portão. "*Eu fiquei bem confuso. Por muito tempo. Sem saber bem o que eu sentia. Ou o que fazer com o que eu sentia*", e encostei nossos braços, com todas as terceiras intenções. "*Hoje eu só não sei bem o que fazer com o que eu sinto. Mas eu tô aqui. Sentindo tudo. E tentando fazer alguma coisa com isso*", e por um momento senti que nenhuma palavra que escrevi no celular era melhor do que aquilo. Amei a mim mesmo sobre aquela calçada. *"E eu quero continuar tentando fazer alguma coisa com o que eu sinto. Porque eu não consigo parar de sentir"*, e nos olhamos de perto sob o vento forte. Ela sorriu com os olhos calmos. Tive medo de investigar se a sua boca sorria. E não aguentar.

"Você é maluco, sabia? Você é maluco. Muito louco", e ela sorria, sim.

"Você adora repetir isso."

"Não. Eu sou obrigada a repetir isso. Você é mesmo maluco."

"Ia ser um pouco demais se eu dissesse que eu sou louco por...?", estiquei a pergunta do último erre.

"Ia, sim... para", pediu, morrendo de vergonha. Morrendo-me de vontades. *"Olha isso. Isso tudo. Você vir aqui, assim. Louco. Correndo igual um louco"*, contava insanidades nos dedos. *"Preparar uma sala na escola pra mim. Louco. Um dia antes do meu aniversário..."*

"Só nesse pedaço do planeta", brinquei.

"Tá vendo? Quem faz isso? Quem pensa nisso? Gente maluca! Óbvio!", as palavras desviando dos sorrisos. *"E dezessete presentes! Dezessete!"*, a mão na testa, entre os fios rebeldes.

"Eu faria mais. Bem mais. Qualquer dia do ano. Por você", consegui dizer. E foi como trocar a última pele da infância.

Nossos olhos se visitavam rapidamente. Ela não parecia acostumada a ouvir coisas assim. Eu não estava acostumado a dizer.

"Eu acho que eu preciso voltar pra escola", precisei dizer. *"O professor tá lá me esperando, a doutora, a sala e as coisas todas..."*, plantei. E descolei as costas do portão, escondendo as mãos no bolso.

"Tá... é... desculpa... eu não sei... talvez seja meio cedo. Pra mim. Pra eu ir. Com você", ela tentava explicar.

"Tá. Tudo bem. Tá tudo bem", eu precisava entender.

"Quer dizer... a gente... eu e ele... a gente terminou mesmo já faz umas semanas. Desde antes da praia. Mas não é tanto. Eu acho."

"Não precisa explicar. Por favor. Você é livre", e era a verdade mais leve e pesada para mim. *"Eu posso guardar algumas coisas, eu acho. E eu dou quando você quiser"*, foi o melhor que eu consegui fazer.

"Não dá pra guardar tudo?"

"Tudo, não. Desculpa."

"Sério?"

"Sério."

"Tipo o quê?", não aguentava de curiosidade.

"Ah, eu não posso contar."

"Por que não?"

"Ué. Porque é surpresa."

"Eu não gosto de surpresa. Você sabe", e sabia, mesmo.

"Hmm. Então eu te contar agora vai ser tipo um presente, também. O presente dezoito. E aí eu já livro um na lista do ano que vem."

"Maluco", e choveu sobre mim o sorriso a que o poeta não sobreviveria.

"Tá. Bem. Eu conto. Mas não queria contar. Só que é seu aniversário no Japão. E não pode contrariar aniversariante."

"Para de tudo explicadinho, pelo amor de Deus. Conta logo!"

"Então, tá. É um galão de água mineral. Que não vai dar pra guardar", tirei do peito com pressa.

"Ãhn? Você ia me dar um galão de água mineral?"

"Ia. De vinte litros."

"Você não tá falando sério."

"Mas é só o galão que é de água. Ele não tá com água."

"Medo", ela cruzou os dedos embaixo do queixo, como uma criança orando antes de dormir.

"Eu comprei vinte garrafas de Coca de um litro", ela já levou a mão à boca. "E deixei no congelador da cantina até ficar com aquele gelinho em cima. E derramei no galão bem devagarzinho, pra não perder tanto gás. E tampei de novo correndo. Foi o último presente que eu preparei. E ficou lá, na sala com o ar bem geladinho. Deve estar gostosinha, ainda. Pra gente beber com a pipoca que ficou lá. E o filme no data show da sala. Depois de tocar 'Meu coração e o seu' que eu aprendi no violão", não soube a hora de parar.

Ela me beijou.

Por um segundo.

Num impulso.

Sem pensar.

Não pensei.
Não vivi.
E vivi.
Mil Romeus reencarnados.
Olhei para ela.
Sorri como um bobo.
Suspirei.
Ela escondeu o rosto com as mãos.
Começou a chover.
Deus das tempestades.
Filme romântico.
Ela olhou para cima.
Estendeu uma mão.
Colheu uma gota.
Bebi várias delas.
Segurei sua mão molhada.
Puxei para perto de mim.
E provei a Via Láctea.
Por mais de um segundo.
Olhamo-nos bem de perto.
Achados e perdidos.

XX.

Ela

Meu filho tocou minha perna uma e outra vez, resgatando-me de uma dimensão distante. Olhei para ele. Via sua boca se mexer, mas não ouvia realmente. Olhei para a frente, forçando meus olhos a se prenderem ao real. Sabia o que deveria fazer.

Andei lentamente até o púlpito. Lentamente era o único passo que minhas pernas sabiam há um tempo. Lembrei-me das gêmeas. Dispus sobre a estante transparente a pequena fita hologramática onde, na noite não dormida, gravara as palavras que planejava dizer. Uma pequena bola de metal flutuava na direção da minha boca, intermitindo sua fraca luz verde. Levantei os olhos para o auditório. Mesmo os mais brancos cabelos dali se escondiam sob chapéus negros, acompanhados de óculos negros e roupas negras. A estrutura excessivamente branca e transparente do lugar parecia cuidadosamente planejada para realçar o preto e desesconder a dor. Uma floresta negra, que eu não queria e precisava desbravar.

"*Eu não vou dizer bom dia*", foi como comecei, antes de acessar as palavras do console. "*A gente diz as coisas sem pensar, às vezes. Bom dia, tudo bem. Hoje eu tô pensando muito no que eu digo. Pensando muito em muita coisa*", e não olhava para as letras vermelhas suspensas no ar à altura das minhas mãos no palanque. "*Eu não sei se é uma boa ideia eu estar aqui. Meus filhos não queriam. Nem meus netos. Estão todos muito preocupados com o meu coração*", disse, olhando para eles, reunidos no mesmo quadrante da grande sala. "*Eu *já estive mais preocupada com o meu coração. Pra ser sincera, hoje eu já não sei se eu me preocupo mais tanto com o amanhã*", confessei, tirando os olhos das crianças. "*Mas eu não estou aqui pra falar de mim*", respirei. "*Hoje é dele*", encurtei a frase, na esperança de conseguir completá-la. Virei o pescoço para o lado, onde ele estava deitado. Uma parte dele.

E ele voltou.

x

"*Promete que ele vai ter pelo menos sessenta anos*", pediu-me, no último dia.

"*Quem?*", perguntei, enquanto ajustava o ar condicionado.

"*Certeza que mil carinhas de vinte anos vão querer você depois de mim. Perigoso fazerem um reality show pra disputar você*", disse-me, na cama do hospital. "*Mas um de sessenta tá bom, vai. Pra comparação comigo não ser tão desleal*", brincava sério de me irritar, como às vezes fazia.

"*Se piada ruim fosse remédio, você não dava um espirro nessa vida*", respondi, ajustando seu cobertor.

Eu não o teria por mais vinte e quatro horas depois daquilo.

Durante a longa última noite, pensei em inserir essa conversa na hora que eu precisasse estar no microfone. Ela testemunharia da sua forma sempre suave de encarar o caos da vida.

Logo desisti. Não me faltavam palavras. Mas um milhão delas eu queria guardar só para mim. Era difícil escolher o que dividir.

Por um tempo achei que ele sonhava demais. Que ele fantasiava esse universo bonito demais. Que ele era bonzinho demais. Que me idealizava demais. Que vivia de menos no mundo real. Como quem procura ângulos retos em parábolas. E todas as vezes em que voltávamos a esse assunto ele me perguntava, "*e se o mundo todo for um sonho que Deus realizou? Então toda realidade é o sonho de alguém*". Um dia, depois de muitos dias com ele, começou a fazer sentido.

Não é que ele se iludia com um mundo leve. Era ele quem vivia tentando aliviar meu mundo. Sempre tentando flutuar minhas horas. Colorir os piores assuntos. E me fazer rir. E me fazer.

Isso eu não iria falar.

Isso era meu.

Era nosso.

x

Olhei para as letras na minha frente. E decidi escutar a versão de mim da última noite. Não olharia mais para as pessoas. Não olharia mais para ele. Abaixei a cabeça. E li.

"Nós nos conhecemos muito jovens. Aos doze anos. Praticamente crianças. Essa época em que as pessoas dizem que a vida da gente é sempre mais simples. Não é verdade. Minha infância e a minha adolescência não foram tão simples. Nem as dele. Mas talvez todo mundo sofra, criança ou não. Difícil mesmo é a solidão. Difícil é sofrer sozinho. Depois dele, eu não sofri nada sozinha."

Precisei parar um momento. Uma neta se levantou para me trazer qualquer coisa e elegantemente disfarcei o quanto pude a mão que estendi para fazê-la parar. Em muitos sentidos aquele dia me era inaliviável. Nada que me trouxessem mudaria o fato de que eu precisava passar por aquilo. Ele merecia as palavras. Além de tudo mais.

"Antes que eu percebesse, eu lhe contava minha vida toda. Ele gostava de me repetir que a gente vive com alguém para ser conhecido. Para alguém saber que a gente existiu. Que a gente foi diferente de qualquer outra pessoa. Único. Especial. E todo mundo é. Só precisa de alguém prestando atenção. E eu falava de mim. E ele prestava atenção."

Eu decorara o refrão, de tantas vezes que ele me repetira. Ele era chato às vezes, como um professor irritante respondendo perguntas que ninguém fizera. Mas o mantra era verdade para ele. E ele o viveu comigo. Talvez eu tenha demorado um pouco para ser uma boa aluna.

"E, se a gente vive com alguém para ser conhecido, eu acertei. Eu fui conhecida. Se a gente vive com alguém para que saibam que a gente existiu, eu existi. Eu vivi. Ele me viu. Me amou. Me ouviu. E me amou de novo. E me conheceu de verdade. E me amou ainda. E continuou me amando. E não desistiu de me amar. Se todo amor é um risco, um amor que nunca desiste é a única sombra de segurança que alguém pode ter. Com ele eu vivi segura. Sem medo."

Enquanto parava para beber água, lembrei-me de como ele não bebia. Enquanto uma lágrima pingava do meu queixo, pensei em quanta poesia perdemos quando superamos o papel. Nós dois escrevemos tanto um para o outro em papéis. Que lemos e relemos e tocamos e cheiramos e beijamos na distância. Se me houvesse ali um papel nas mãos, a gota que deixava meu rosto mergulharia na folha que eu estaria segurando. Ela afundaria a superfície ao seu redor, como as primeiras ondas de uma pedra em um lago. A maquiagem negra que ela lavara tingiria a gota e marcaria o papel para sempre. Algum filho o revisitaria anos depois, na pasta da caixa da gaveta do armário do quarto da casa da vida de antes. E talvez ele lembrasse mais da lágrima do que da palavra.

Agora a gota atravessava luzes binárias e morria na mesa fria para nunca mais. Eu não queria chorar, mas chorando, queria poder lembrar o choro. Eu tampouco queria perder o amor de uma vida, mas perdendo-o, queria poder lembrar o amor. Talvez, enfim, anos depois, o pequeno bisneto sentado ali se lembraria mais do meu choro sobre seu bisavô do que se lembraria do bisavô.

"*Um dia a gente foi na praia. Ele achou uma garrafa, dessas com mensagem dentro. Era antiga. Era de verdade. Descobrir o que era aquilo virou uma aventura pra gente. E já passávamos muito tempo junto, na escola, no telefone e em qualquer desculpa. Mas aquela garrafa fez a gente ficar ainda mais tempo um com o outro. Foi na semana do meu aniversário. A semana em que a gente se beijou a primeira vez.*"

Em um impulso olhei para ele deitado ali.

E ele voltou.

x

"*Desculpa acordar você*", ele sussurrou, no meio da noite, deitado, tocando meu rosto com o braço esticado. Eu acordei assustada, e ele mantinha o dedo na frente dos lábios. "*Vem aqui, por favor*", pediu-me. Entendi que ele não queria acordar o filho que adormecera no sofá, no outro canto do quarto. Levantei-me da cama ao seu lado, onde haviam gentilmente me permitido ficar desde a noite anterior, apesar dos protocolos. Cheguei meu rosto o mais perto que pude, no escuro. Ele cheirava a sabonete, leite morno e sala de embarque.

"*Tá tudo bem?*", eu quis saber, preocupada.

"*Eu tava morrendo de saudade de ver você dormir do meu lado*", foi o que ele disse. "*Morrendo é um péssimo verbo. Desculpa*", completou.

"*Para com isso. E, se você tava com tanta saudade de me ver dormindo, por que me acordou?*", perguntei, tocando seu cabelo. Ele não me respondeu. Só olhava para mim bem de perto. Quieto.

"*Eu tô feliz*", foi o que ele disse. Sorri sem vontade, sabendo que ele me lia o suficiente. Era o que eu conseguia oferecer.

"*Aqui? Agora?*", tentei entender. Ele concordou calmamente com a cabeça.

"*Eu não sonhei com como seria. O fim. Eu só sonhei com a vida*", ele continuou, sereno. "*Mas é isso. É assim. Não tem jeito melhor*", falou, machucando-me sem querer. "*A gente chegou nessa idade. E você nem achava que ia tão longe*", segurávamos as mãos. "*E eu tô aqui, deitado. E você tá do meu lado. Dormindo. Comigo. E é tão inacreditável quanto da primeira vez*", beijou a minha mão. "*Eu só sonhei com a vida. Eu só sonhei com essa vida. Ainda é um sonho. Tudo isso pra mim*", e apontou com a cabeça para o filho que dormia. "*Tudo isso. Você é um sonho. E é de verdade. Toda realidade é mesmo o sonho de alguém*", e lacrimejava.

"*Não faz assim...*"

"*Deixa. Deixa. Por favor*", sussurrava-me, docemente. Respirou demoradamente. "*Eu sei que você nunca foi perfeita. Eu também não fui. Não foi um conto de fadas. Ninguém escreveu um romance falando de nós. Mas nenhum amor é perfeito. Pessoas amam e pessoas não são.*"

"*O que é que você tá fazendo...?*", e eu sabia que ele entendia a minha pergunta.

"*Eu só... a gente não precisa falar tudo. Ser tão claro. Mas eu sei que alguma coisa pode acontecer numa noite qualquer. Qualquer noite, agora. Você sabe. E eu só quero falar tudo pra você*", e ele sabia que eu entendia a sua resposta. Eu não conseguia dizer nada. "*A gente sempre se despediu com carinho. Na escola, no aeroporto, no telefone, na porta, no travesseiro. É só o que eu quero*", pediu-me.

"*Eu não sei se eu consigo assim...*", esforçava-me para olhar pra ele.

"*Desculpa. Desculpa. Tá. Sem enrolação, então. Como você gosta*", ele tentava, sorrindo. "*Primeiro, desculpa eu ir antes. Você não queria que fosse assim, eu sei. Mas eu prometo que eu vou preparar uma sala com oitenta e sete presentes pra quando você chegar. Mais do que isso, na verdade, porque você não vai se apressar. A hora é agora. Pede o que quiser. O céu é o limite. Literalmente*", fazia o que sempre fazia comigo. Só não funcionava como antes. Parou o que quer que fosse aquilo que ele fazia com as palavras e seus dedos conversaram com meu rosto por um minuto silencioso. "*Você acertou muito mais do que* errou. *Muito, muito mais. Comigo e com todo mundo"*, dizia-me, como se agora esculpisse algo na pedra. *"Você me tirou de dentro de casa. Me tirou de dentro de mim. Me mostrou o mundo. Me deu um mundo. Você me ensinou mais do que eu consegui aprender. Você é o que quase não existe. Minha melhor amiga. Amor da minha vida"*, e fechou os olhos. Fechamos.

"Você é lindo", eu disse, no escuro.

"Você é muito linda."

"Eu tenho muita sorte", confessei.

"Eu tenho muita, muita sorte."

"Eu te amo", era a verdade.

"Eu te amo tanto."

"Você é maluco."

"Normal é você", ele respondeu, segurando a risada, os olhos ainda apertados. *"Obrigado por me deixar cuidar de você. Por me deixar amar você. Por dormir no meu ombro, no banco de trás e na vida. Meus dias mais felizes foram os que você me deixou fazer você feliz. Eu cruzaria mil oceanos por dia para viver cada dia com você de novo"*, ele terminava. E eu não conseguia falar mais nada.

Tocamos a testa.

A ponta do nariz.

A boca.

Segurei seu indicador com o meu.

"Você se lembra da garrafa?", ele me perguntou.

"Com a mensagem dentro?"

"Aham."

"Sim, sim. Lembro. Claro", tentei entender onde ele estava indo.

"Eu preciso pedir uma coisa."

x

Precisei voltar para o meu corpo.

"A gente acabou nunca entendendo tudo que tava escrito lá. Só uns trechos. Mas o que deu pra saber foi incrível. Não era um pedido de socorro, como essas mensagens em garrafas costumam ser, nas histórias que contam. Na verdade,

quem escreveu dizia que não queria ser resgatado. Era um escravo que fugiu de um navio negreiro e parou em uma ilha. E ele tava bem lá. Porque ali ele encontrou a liberdade. Encontrou o resto de si mesmo que não deixavam ele ser. E encontrou uma moça que havia sido salva da morte por ser considerada bruxa na Europa, e caiu na mesma ilha. E eles se amaram. E se bastaram. No mundo só deles", foi a primeira vez que quase consegui sorrir naquele lugar. "Quem escreveu só queria declarar seu amor para o mundo. Queria que alguém soubesse que existe amor de verdade no mesmo mundo que machuca negros e mulheres. O amor existe. Às vezes só leva um oceano para encontrar", era uma das frases que eu mais me lembrava daquele velho tecido amarelado. "Aquela carta fez a gente acreditar que finais felizes não existem só em contos de fadas. A gente tentava se lembrar disso sempre que a nossa vida era tudo menos um conto de fadas. E a gente tentava lembrar outras pessoas. Foi o que a gente tentou fazer com um professor e uma doutora", acrescentei só para mim, conscientemente indiferente ao fato de que ninguém mais entenderia. "A gente começou muito novo. E se afastou às vezes. Mas desde o início a gente se bastou em um mundo só nosso. E, depois que a gente descobriu esse mundo, nunca foi melhor de verdade tentar viver sozinho fora dele. Como agora", engasguei-me. E podia terminar. "Ele sempre foi melhor do que eu com as palavras. Eu talvez tenha dado voltas demais. O que, pensando bem, ele talvez fizesse mais do que eu, querendo tudo sempre irritantemente explicadinho", e não tinha pensado em dizer isso. As crianças riram um pouco, porém. Foi bom respirar a essa altura. "Acho que o que eu queria mesmo era que os meus filhos, netos e bisnetos entendessem o que eu entendi com ele. O que eu aprendi com ele. O que ele me fez acreditar e teve a paciência de me provar ser verdade. Que todos nós somos parecidos demais. Homens e mulheres, crianças e velhos, escravos e bruxas, a gente passa a vida toda procurando mesmo só umas poucas coisas importantes. A gente quer acertar mais do que errar. E a gente quer achar alguém que perceba isso em nós. Que nos absolva. Que nos veja de verdade", e enfim já não me parecia um sacrifício olhar para todos eles. "Eu queria dar pra ele esse presente. O que ele sempre quis. Convencer alguém além dele de que o amor existe de verdade. Alguém além de nós dois. Que alguém mais acredite que o amor não é uma invenção dos poetas. Que se a vida às vezes parece a travessia de um oceano com suas tempestades, o amor talvez seja esse pequeno bote pra nós, náufragos. É um risco apavorante, mas também é a única segurança que a gente pode ter."

  Fiquei com as meninas e os meninos até o almoço. Quase comi alguma coisa. Quase descansei no quarto. E o afeto cuidadoso das muitas perguntas por minuto quase começava a me incomodar. Percebi que já era quase hora de ir. Ele ia preferir o fim de tarde. Quase de noite.

Todos insistiram muito para que eu não fosse sozinha. Ignoravam o fato de que eu era a presidente do mundo. Viúvas no dia do velório e noivas no dia do casamento são as mulheres que o mundo finge não poderem contrariar por um dia.

Silenciei o celular. Encarei a janela. Olhei para o céu. E agradeci-lhe o fato de o carro não ter motorista. Estava sozinha nele. E no banco de trás.

O banco de trás. Ele me contou essa história algumas vezes pelos anos. Minha memória ruim repetiu o pedido para ele repetir.

Sobre aquela música. E beija-flores parados no ar. E não piscar. E big bang. E mergulho no lago. Mecha atrás da orelha. Carinho no braço. Beijo na testa. *Déja vu* de sonho bom. Injeção de flor. Doce de estrela. Sussurro de anjo. Futuros possíveis. Memória olfativa.

Eu lembrava muito, agora. Minhas lembranças pareciam se agarrar a algum lugar por dentro como com uma mão à beira de um penhasco. Minha memória. Memória olfativa, pensei.

Abri a bolsa ao meu lado. Tirei o envelope. Levei ao rosto.

E senti seu cheiro.

Senti tudo de novo.

E ele voltou.

x

"*Eu demorei a pensar em todas as coincidências dessa história*", disse-me uma manhã, na cama, depois que a enfermeira saiu. "*Esse rapaz e essa moça à deriva no oceano caírem exatamente na mesma ilha, com meses de diferença. Se o professor e a doutora não tivessem tanta certeza que a garrafa, o papel e a grafia eram mesmo antigas, eu apostava que era invenção de alguém*", ele olhava para o teto, assistindo um filme mental mais interessante que o da televisão.

"*Parece impossível, mesmo*", e eu sempre achara.

"*Mas, pensando bem, em um mundo com dez bilhões de pessoas, achar amor de verdade talvez sempre pareça impossível. Raro. Muita sorte*", e seus olhos fracos me sorriam como a mais bela vitrine da loja mais vazia.

"Por isso é tão bom. Tão gostoso. Porque é raro. Como um tesouro numa ilha", empurrei a porta do seu sorriso e sentei no sofá.

"E essa garrafa cair exatamente nas mãos da gente, tanto tempo depois. De todas as praias, em todos os mares, por todos os anos. A gente. Nós dois", sua voz rouca se esforçava.

"A gente era predestinado, né", perguntei sem precisar de resposta.

"Não sei se é bem isso. Acho que era mais a gente precisando da ajuda do Universo. De Deus. A gente era muito devagar", e o seu eu de então balançava a cabeça reprovando seu eu de outrora.

"Ah, era... eu era tão insegura... tão confusa...", eu dizia quando senti sua mão aquecer a minha e o metal da borda da cama esfriar meu braço.

"Tão humana", completou, pela milionésima vez me defendendo de mim mesma.

"É. Talvez. Eu só não queria ter perdido o tempo que às vezes a gente perdeu. Chega um tempo que o tempo começa a fazer muita falta", reconheci, apertando os lábios, boiando no presente.

"Eu nunca soube bem escolher as palavras com você. Ainda não sei, o tempo todo. É muito difícil falar qualquer coisa com quem te rouba o fôlego." Ele olhou para mim em silêncio, como tantas vezes. Como se soubesse os caminhos para dentro de mim e juntasse as peças de um quebra-cabeça do qual só ele conhecia o quadro final. "Sonhei com uma tempestade no mar essa noite", disse, depois de um tempo.

"Você tava lá? Na tempestade?", perguntei, tirando um cílio perdido da sua bochecha.

"Não. Ninguém tava lá. Só a água de cima caindo na água de baixo. Era assustador. E muito lindo."

"Você sempre gostou de tempestade", lembrei.

"Sempre gostei."

"Você é maluco."

"Sempre fui", e rimos suave. "Talvez tenha sido uma tempestade no mar que jogou a garrafa na direção certa. Pra nós. O Universo. O Deus das tempestades."

x

Sem me consultar, meus olhos por alguma razão ajustaram o foco do que eu via pela janela do carro. Meus olhos de repente encararam meus olhos.

Eu havia sido submetida a lembranças de muitos tempos da minha própria vida nos últimos dias. Visitara muitas versões passadas de mim mesma. E ali no carro, sozinha, não conseguia ver mais muita coisa da menina de doze anos que encontrou um melhor amigo. Ou da menina de dezesseis que se aventurava pela cidade de bicicleta. Ou da menina de dezessete beijando um garoto em frente a vinte litros de Coca-Cola. Ou da menina de trinta e cinco anos precisando ouvir ele dizer tudo de novo. Ou da menina de cinquenta anos entendendo o que demorou trinta anos para entender. Ou da menina de sessenta anos se sentindo uma menina de doze mais uma vez.

Agora eu via uma senhora de oitenta e sete anos. E ela parecia uma senhora de oitenta e sete anos.

Isso eu podia pensar ou dizer por estar sozinha no banco de trás daquele carro, naturalmente. Estivesse ele ali discordaria de mim de algum jeito bobo, romântico, engraçado ou todas as anteriores. Eu não estava certa de que conseguiria fazer comigo mesma o que ele fazia. De ser para mim o que ele era.

Nunca me achei realmente tudo que ele dizia. Todas as belezas e virtudes e magias e poesias e cores e flores e perfumes e canções que insistentemente me derramou como cachoeira. E não era como se ele não me conhecesse.

Era só que ninguém me via assim.

E ele falava sério.

Queria ter guardado para mim os seus olhos.

Minha pulseira vibrou o pagamento da viagem e desci do carro. O celular tinha meia dúzia de ligações perdidas. Devolvi-o ao bolso do *tailleur*. Não queria o que tinha no bolso. Queria o que tinha na frente.

Assim como eu, a praia não parecia com a do passado, pensei. Diferente de mim, agora estava mais bonita, pensei.

E sua voz contrariada me discordou por dentro:

Ele voltou.

x

"Agora era a hora em que você ia se disfarçar de enfermeira, me contrabandear daqui de dentro olhando pros lados no corredor e ia comigo na praia uma última vez. Se a nossa vida fosse mesmo um filme", ele disse, enquanto não assistia aquele que passava na tela fixada na parede do quarto do hospital.

"Para de ficar falando de última vez", respondi, escondendo o fim da tarde com o vidro da janela, por causa dos mosquitos.

"A gente é um filme, sim. Eu acho", ele continuou.

"Lá vem você", completei, prendendo meu cabelo.

"Na verdade, a gente é uma série de setenta temporadas. É um canal repetindo novela antiga vinte e quatro horas. É os cem mil filmes da Worldflix", dizia, em um ímpeto de animação cada vez mais raro.

"Bobo...", falei, arrumando as dezenas de frascos na pequena mesa ao lado da sua cama.

"Mas eu não tô exagerando. Pensa bem", tentou erguer o corpo e olhar para mim. "A gente é, pelo menos, romance escolar, aventura infanto-juvenil, aqueles filmes em que uma dupla de adolescentes se une pra juntar dois adultos, comédia romântica, filme de carro cheio viajando, reality show de família maluca, documentário sobre relacionamentos improváveis que deram supercerto e capítulos proibidos para menores. Muitos. Vários. Tantos", e suspirava mordendo os lábios, envergonhando-me de olhos fechados. Perdi para a minha própria risada.

"Eu não acredito que você tá dizendo isso", minha voz escapou por entre os dez dedos no meu rosto.

"Ah, e teve drama, às vezes, também. Lógico. Episódio de briga. Mas foram os com menos audiência. Quase cancelaram o show, fãs revoltados, viral, trending topics, protesto, gente na rua, meio mastro, minuto de silêncio, matéria no Fantástico, quebrou a internet. Uma tragédia", e voltava a deitar o corpo, sorrindo por trás do cansaço. Descansei a palma de uma mão na sua testa. Uma coisa que fazíamos.

"A gente disse que parecia mesmo um filme, né. Desde cedo", lembrei.

"E você só queria um final feliz", lembrou, numa indignação impotente.

"Se tivesse acabado em qualquer episódio de qualquer temporada eu teria um final feliz", tentei falar como ele faria. "Eu fui feliz com a gente junto. Fui mesmo. E sempre ficou melhor quando a gente percebia que o drama podia virar outra coisa melhor", e ele concordou com a cabeça, lentamente.

"É tipo semente de morango, né", começou.

"É?"

"Aham. Tá ali espalhada por todo lugar, não dá pra tirar todas. Mas a parte sem ela é muito, muito maior. Então a gente engole tudo junto. E o crocantinho deixa até mais gostoso."

x

Tirei os sapatos pretos para sentir os grãos de areia amarela entre os dedos. Enrolei o blazer preto na alça da grande bolsa preta. Subi a barra da calça preta e a manga da camisa preta. E pisei sem pressa o chão macio da memória.

Voltamos inúmeras vezes depois daquele primeiro sábado. Bem ali ele me carregou no colo a primeira vez. Em alguma daquelas árvores entalhei nossas iniciais. Detestamos a primeira cerveja sentados naquelas pedras. Naquela água eu primeiro salguei a tatuagem nas minhas costas. Ali o mais velho cortou o pé. Por algum lugar daquela areia a mais nova se perdeu por um minuto terrível na manhã de um domingo cheio.

Ocorreu-me que nunca antes estivera ali sem ele.

Li o nome escrito no barco ao longe. E não daria para me enganar. Não havia visto um único outro barco durante toda a caminhada.

"É você, então, filha", disse o jovem que um segundo antes lia deitado dentro do barco, sob o manto de um guarda sol fincado na areia logo ao lado do casco. Devia ter passado há pouco da adolescência.

"Oi... Sim. Sou eu. Boa tarde", respondi, confusa.

"Muitíssimo boa tarde!", ele devolveu, levantando-se e fechando o livro com uma energia com a qual eu não estava certa se estava pronta para lidar. "É um prazer conduzir a senhora nesse passeio tão incrível quanto ignorado pelos escravos tecnológicos da presente sociedade hipermoderna", continuou, como que instantaneamente acionando algum Quixote distópico. Não fazia grandes exercícios heroicos naquela hora, porém. Seu jovem corpo negro apenas empurrava o barco que deslizava sobre a areia até a água. Como um pequeno mecanismo cuidadosamente programado vestiu o colete, encaixou o cabo do guarda sol em seu lugar próprio dentro da jangada, explicou-me o caminho pelo píer, remou rapidamente até sua ponta e esperou por mim, assobiando, acenando e limpando tudo com algum pano desbotado. Ajudou-me a descer as escadas do limite da longa passarela de madeira e a vestir o colete preto e posicionou-me em algum lugar de sombra planejada. Um empurrão e algumas remadas e dirigíamo-nos ao mar aberto.

"*Primeira vez*", e esperei alguns segundos pelo fim da frase até entender que era um tipo de pergunta.

"*Sim, sim. Em um barquinho assim, no meio do mar, é. A primeira vez*", fingi conversar. "*É seguro, né*", e logo percebi que também não entonei a pergunta.

"*Pra falar a verdade, não*", e olhei para ele em um impulso. Era um sorriso calmo e refrescante. "*Nada é seguro. Eu não posso garantir que vai ser tudo leve e suave o caminho todo. Ninguém pode. Nunca. Mas eu garanto que vai ser muito bonito. Se você deixar ser. São seus olhos que veem. Seus ouvidos que ouvem. Seu corpo que toca*", falava e remava como o compasso constante de uma canção ancestral. "*São suas mãos que sentem. Sente, filha. Vai. Lava o rosto*", e apontou o queixo para a água ao meu lado.

Abaixei os olhos e vi o mar tranquilo, tão perto e tão longe. Deitei um pouco o corpo e abaixei as duas mãos.

"*Essa água é nova pra você. A água do fundo não é a mesma da margem. O gosto é diferente. Lá é a água da insegurança. Aqui é a água da coragem. É o gosto da fruta mais alta do galho mais alto da árvore mais alta. É o gosto de conquistar. De se conquistar*", e pareceria um roteiro decorado para turistas, não soasse tão espontâneo.

Estiquei o rosto para fora, puxei a concha das duas mãos e molhei o rosto. Não senti nada diferente.

Mas ele voltou.

x

"*Eu nunca entendi você fazer isso*", eu disse, entregando a toalha para ele. "*Pessoas normais lavam o rosto para acordar, não para dormir*", e esperei ele terminar de secar para responder. "*Maluco.*"

"*Ué. Cada um tem um ritual de sono. Tem gente que bebe água quando acorda, tem gente que bebe água quando vai dormir. Aliás, tem gente que faz os dois. Aliás, tem gente que levanta para beber água de madrugada*", começou uma de suas disparadas.

"*Tem gente que bebe leite antes de dormir, também*", pensei sem pensar.

"*Tem gente que bebe frio e tem gente que esquenta*", completou.

"*Tem gente que coloca meia*", lembrei.

"*Tem gente que tira tudo*", riu.

"*Tem gente que não dorme sem tomar banho*", lógico.

"*Eu gosto dessas*", e como não.

"*Eu só confio nelas*", confessei.

"*Tem gente que lava o rosto*", ofereci.

"*Mesmo depois de tomar banho*", aceitou. "*Tipo cafezinho depois do almoço.*"

"*Tá bom. Você venceu. Maluco.*"

Comecei a caminhar para fora do banheiro do quarto do hospital e ele ficou com as mãos espalmadas na pia, olhando o próprio reflexo.

"*Tá tudo bem?*", socorri.

"*Eu nunca tinha me achado parecido com meu irmãozinho. Até agora*", e há anos ele não falava no irmão. "*Tanto tempo pra eu perceber. Tanto tempo*", repetiu, arrependido de um sentimento sem nome. "*Acho que eu tô com saudade.*"

Recostou um ombro no batente do banheiro, no limite do quarto. Parecia procurar qualquer posição diferente para o corpo ou espaço diferente para ser entre as limitadas opções daquelas quatro paredes.

"*Tava lembrando esses dias do que eu falei pro seu ex-namorado. Aquela vez, na frente da sua casa. O xingamento que a senhorinha ensinou pra você*", desenterrou, misteriosamente.

"*Nossa... como assim? Nem Deus lembra mais disso*", eu puxava o lençol.

"*É... muita coisa tá voltando em mim. Hoje eu sinto falta de ter pedido desculpa pra ele, um dia. Eu fui meio idiota aquela hora, eu acho. Não precisava*", voltou a andar lentamente.

"*Eu não sei se alguém consegue pedir desculpa pra todo mundo por tudo de errado que fez na vida*", dividi, sincera. "*Talvez querer isso de verdade já seja o suficiente. Eu acho que, se Deus se lembra, chateado Ele não deve estar.*"

Deitou-se de volta na cama alta do quarto do hospital sem ajuda. Devagar.

Voltei para o barco. Devagar.

x

"Você ficou meio longe por um tempo. Pensando em alguma coisa", o rapaz bateu à porta das minhas lembranças.

"Acho que sim. Desculpa. Eu só... é muita coisa. Pra pensar", respondi, em uma estranha intimidade.

"Algumas pessoas vêm aqui pra pensar", ele disse, olhando para mim. Ele sempre olhava nos olhos. *"Parece que cada dia é mais difícil encontrar serenidade de verdade em terra firme. Paz. Quietude. Solitude. Silêncio"*, ele dizia compassadamente, como um jovem monge negro.

"Pra quem vende silêncio, você é bem falante", e em um segundo temi ter soado ríspida. Dois segundos depois ele riu folgado.

"É... eu falo muito, mesmo. Sempre falei. E pouca gente escuta de verdade. Acho que é assim com todo mundo. Mas você tem razão. Só que existe som e existe barulho, né. Se você estivesse em uma cabana na floresta ouvindo os pássaros cantarem, o vento soprar, as folhas balançarem, as páginas de um livro passarem e a fogueira crepitar, acho que você ainda diria que está em silêncio, se alguém perguntasse", e a forma profunda demais como ele respondia tudo quase me incomodava. *"Talvez exista um som amigo do silêncio. Uma palavra que não machuque a quietude. Uma pessoa que fique com a gente e nunca incomode"*, dizia, entre as gotas que saltavam dos seus remos. *"Você tem alguém assim?"*, ele me levava a esse assunto.

"Tenho. Tive", respondi automaticamente, aberta como o mar. *"Eu me despedi dele hoje. E eu tô aqui por ele. Por um pedido que ele fez"*, admiti.

"Eu sinto muito, filha", seus olhos verdes mudaram para uma tristeza genuína. *"Mas ainda existe felicidade. Dá pra ver. Você veio aqui. Atender o pedido dele. Ele não tinha como saber que você viria. E você veio. É tudo que um homem feliz pode querer no seu último dia. Ir sabendo que alguém não vai esquecer dele no dia seguinte. E nunca. Um coração com seu nome. Marcado feito pedra"*, e cada sílaba parecia gradativamente recuperar o tom de leveza. *"Ele era um homem de sorte. E, se você veio até aqui por causa dele, você também foi uma mulher de sorte."*

"É. Ele sempre disse isso. A gente sempre disse".

E ele voltou.

x

Os últimos dias na cama ao lado da dele haviam me esgotado. Costumava acordar várias vezes para conferir como ele estava, mas não consegui daquela vez.

Acordei uma única vez, em alguma altura da madrugada, olhei para a cama e ele não estava lá. Sentei assustada e vi seu cabelo ralo. Ele estava ajoelhado.

Ouviu meus movimentos, pôs as duas mãos na cama e se levantou com dificuldade.

"*O que aconteceu? Você caiu?*", falei, andando em sua direção. "*Cadê ele?*", apontei para o sofá onde um dos filhos deveria estar dormindo. Ele me encarou como um atleta aposentado.

"*Eu pedi pra ele sair. Pra ele ficar ali fora. Na porta. Só por uns minutos*", respondeu, forçando as sílabas.

"*Por quê? Eu não tô entendendo. Vem, deita*", segurei seu cotovelo.

"*Não, não... eu não vou deitar. Calma. Espera...*, tirou minha mão de onde estava e a segurou. "*Me empresta o telefone, por favor?*", segurava a mão estendida.

Não perguntei o que ele precisava tanto fazer no telefone no meio da madrugada. Responder parecia pesado para ele. Apenas lhe entreguei.

Ele procurou no telefone e colocou o aparelho sobre a própria cama. Apertou seu corpo no meu. Senti seu coração em mim. Respirou no meu ouvido. Segurou a minha cintura.

E, baixinho, uma canção antiga começou.

"*O destino ilumina o chão, sigo a direção,*

Trago a força e os olhos do meu pai."

Ele não abriria os dele antes do fim da música. Apostava nisso. Apostei em não fechar os meus.

"*Sou menino aqui no coração, signo de Leão,*

As estrelas são meus ancestrais."

O menino descansava a cabeça no meu ombro. Balançava o pensamento para um lado e para o outro, devagar. Seus dedos marcavam o tempo ao lado do meu corpo.

"*Procurar, se perder, cada encontro*

Terá um porquê, um olhar diferente,

A gente entendeu, meu coração e o seu."

O meu já tinha visto tudo isso muitas outras vezes. O mesmo cheiro. Os mesmos olhos fechados. Os mesmos pés dançando. Os mesmos dedos tocando. Tudo. Mas me acostumar seria como olhos mecânicos ignorarem um beija-flor parado no ar, dizendo que todos os beija-flores são iguais. Eu só não me cansava.

"*O acaso sempre me escolheu, minha fé e eu,
Num relance o lance se constrói."*

E a cada relance irreproduzível do fim da minha vida que me sequestravam, amaldiçoava meus olhos piscantes.

"*Quando a gente se encontrar depois, vamos ser os dois,
Os romances vão falar de nós."*

Ele beijou todas as minhas lágrimas quando terminamos, encostados na sua cama. Ele, que costumava chorar primeiro, não choraria dessa vez. Ainda estava de olhos fechados.

Segurou meu rosto entre suas mãos, em uma firme delicadeza.

Tocamos a testa.

A ponta do nariz.

A boca.

Segurei seu indicador com o meu.

"*Não se mexe. Por favor*", eu quase não ouvia seu sussurro. Fiquei imóvel. E então ele abriu os olhos.

Olhou para mim por um longo tempo.

Doce.

Calmo.

Sereno.

Tranquilo.

Em silêncio.

Como se dominasse o idioma das pausas do universo.

E fechou os olhos molhados lentamente.

"*Nenhuma aurora. Nenhum pôr do sol. Sempre foi você. A última coisa que eu queria ver."*

E quase sorriu se entregando.

Apertei sua mão.

E não pensei.

"Não... ainda não... por favor... eu não tô pronta... pra isso. Eu não sei fazer isso", eu implorava.

"*Eu também não sei. Mas eu nunca soube viver. E foi lindo. Lindo. Tão lindo*", dizia o fio de ar que lhe escapava.

"Não... por favor... assim não... não faz assim... não vai... não morre...", eu gotejava, represando o desespero.

Seu corpo se sentou na cama e ele não soltava meu abraço.

"*Meu amor... eu parei de morrer aos doze.*"

E tudo se calou.

x

O rapaz soltou os remos pela primeira vez e os deitou dentro da jangada. Recolheu água do mar com a concha das suas mãos e as estendeu para mim.

Tomei-a em as minhas próprias mãos e banhei meu rosto. Por um instante me convenci de ter sentido algo diferente dessa vez.

"*E se o mar é feito de lágrimas? E se as lágrimas são feitas de mar?*", perguntou, as pernas abertas e os cotovelos nos joelhos, olhando para mim. Eu precisava falar.

"*Eu fiz tudo errado, sabe. Na hora que ele foi. De uma vez. Ontem*", falava mais comigo mesma do que com ele. "*Eu devia ter deixado ele ir calmo. Tranquilo. Em paz. Não. Eu fiquei pedindo pra ele ficar. Minhas últimas palavras pra ele foram 'não morre'. Eu fiz tudo errado*", arranhei a língua.

"*Então ele foi vendo você amando e lutando pro amor ficar, é isso?*", entonou, levantando a sobrancelha. "*Tá. Eu entendi a culpa que você sente. E, se eu entendi, ele também entendeu*", acolchoava o barco com as palavras. "*Se você tivesse um minuto a mais pra pedir desculpa pra ele pelas suas últimas palavras, você acha que ele ia perdoar você?*". Respirei por um momento. Não quis responder. Não precisava.

Abri a bolsa e tirei a garrafa. Girei-a na minha mão.

"*Isso parece uma boa história pra contar*", disse-me, olhando a garrafa e parecendo menos curioso do que a maioria ficaria.

Neguei com a cabeça.

"*Desculpa. Uma parte da história eu não consigo contar agora. Aconteceu aqui, nessa praia. E agora é um pouco difícil pra mim*", ele parecia me escutar com a atenção que só uma pessoa me dera. "*E a outra parte eu não sei contar. Ele escreveu e botou aqui dentro. E não me disse exatamente o que tá escrito. Ele só disse que contou a nossa história. E colocou as cartas que a gente escreveu um pro outro, também. Pra provar que era verdade, eu acho. Uma mensagem na garrafa com documentos em anexo. Porque ele queria tudo tão explicadinho*", lamentou meu pequeno sorriso molhado com saudade do que me incomodava. "*Ele disse que queria declarar seu amor para o mundo. Queria que alguém soubesse que existe amor de verdade no mesmo mundo de meninas órfãs e bebês doentes. O amor existe. Às vezes só leva um oceano para encontrar.*"

Ninei a garrafa por um tempo. Ela me ninou.

Meus olhos subitamente pesaram.

"*Talvez ela encontre alguém que precise tanto quanto nós precisávamos dela*", terminei. Ele ficara em silêncio. Imóvel.

"*Eu posso fazer assim*", tomou das suas costas o livro que lia na praia. "*Eu fico aqui, lendo. Você esquece que eu tô aqui. E leva o tempo que precisar. E, se quiser conversar, eu tô aqui, também, filha*", e já cruzava as pernas e abria o livro. "*Eu tô sempre aqui*", e parecia esperar que eu lhe entendesse. A frase me pareceu estranhamente familiar.

Posicionei melhor o corpo e encarei o mar ao meu lado. O sol nos deixava, como se respeitasse meu espaço.

Lembrei que ele nunca aprendera a surfar de verdade.

Fiquei de pé. O barco balançou e o rapaz lia na penumbra sem parecer se importar. Abri as pernas. Preparei-me para lançar o vidro. E pensei que aquela garrafa estivera nas nossas vidas por setenta anos. Senti algo como uma saudade antecipada. Um medo de me esquecer de tudo, sem tê-la para me lembrar. Parei um instante. Sentei-me de novo. Estava cansada. Muito cansada.

Deitei-me.

Fechei os olhos.

Abracei a minha mensagem gelada contra o peito quente.

Lê alguma coisa bonita, por favor?", pedi, olhando para o céu.

Ouvi o silêncio do mar. Não ouvi as páginas se mexendo.

"Refeito retornei da onda santa, como de novas folhas, ao rompê-las de sua ramagem, se renova a planta: puro e disposto a subir às estrelas."
E ele voltou.

x

"Quer saber como eu acho que vai ser o Céu?"

XXI.

Eus

Acordo na praia.
Deitada na areia.
Não estou no barco.
Não estou de preto.
Não estou na sombra.
O sol não me queima.
Sento-me.
Olho para o mar.
É outro mar.
É outra praia.
É outra eu.
Levanto-me.
Dou as costas para a água.
Há gente ali.
Vejo a moça deitada na areia.
Ela se senta.
Olha para o mar.
Levanta-se.

Dá as costas para a água.
E me vê.
Eu a amo.
Uma moça caminha até mim.
É branca como a neve.
Tem a minha idade.
Tenho a idade dela.
Ela me abraça.
Ela me abraça.
Abraço.
Um homem negro cavalga após ela.
Ele sorri como vagalumes.
É o cavalo mais lindo que jamais há.
Eu os amo.
Cavalgo até ela.
Ela é menos branca ao lado da moça.
Ela é menos preta ao lado de mim.
Sorrio para ela, feliz como não paro de ser.
Ela tem muito para conhecer.
Um rapaz elegante se aproxima.
Tira sua cartola de duque e me cumprimenta.
A moça branca beija-lhe a bochecha, docemente.
Ele beija-lhe a mão, carinhosamente.
Eles se amam.
Vira-se de lado para mim, curva os joelhos e arqueia os braços, sorrindo.
Subo em sua cintura sem questionar.
Cavalgamos nuvens.
O negro cumprimenta os pássaros.
Os pássaros respondem gentilmente.
Eles o amam.
Vou até o quintal olhar o céu mais uma vez.

Chamo minha irmã para ver aquilo.
Balançamos as mãos para as quatro crianças voadoras.
Os cachorros sorriem seus latidos.
Vejo o quintal das gêmeas.
Elas balançam as mãos para mim.
Os cachorros latem seus sorrisos.
Avisto a colina.
E uma casa.
E outra casa.
E muitas casas.
Tocamos o chão.
Corro para a minha mãe, que dança os pés pretos na areia branca.
Ela me ama.
Uma moça acena da porta de uma casa, abraçada às tranças de um homem feliz.
Ela o ama.
Aponto a porta de uma casa para a nova moça.
Ela caminha até lá.
Para no meio do caminho.
A porta se abre.
Abro a porta.
Ando até minha filha.
Ando até minha irmã.
Abraço.
Solto o abraço.
Aponto quem ainda vem da mesma porta.
Saio com meu irmão no colo.
Saio no colo do meu irmão.
Toco sua testa.
A ponta do nariz.
A boca.
Seguro seu indicador com o meu.

E me amo.
Então uma fera sobe a montanha.
Ela me acolhe com seus verdes olhos gentis.
E arrasta sobre si, como um véu, a mais doce tempestade.